AF279707

LA TINTA DE TUS BESOS

LA CALLE

LA TINTA DE TUS BESOS
© Ana DMoras
Diseño de portada: Dpto. de Diseño La Calle

Iª edición

© Editorial La Calle, 2025.

Editado por: Editorial La Calle
c/ Cueva de Viera, 2, Local 3
Centro Negocios CADI
29200 Antequera (Málaga)
Teléfono: 952 70 60 04
Fax: 952 84 55 03
Correo electrónico: editoriallacalle@editoriallacalle.com
Internet: www.editoriallacalle.com

ISBN: 978-84-19519-39-9
Depósito Legal: MA 1991-2025

Impresión: PODiPrint
Impreso en Andalucía – España

Nota de la editorial: ExLibric pertenece a Innovación y Cualificación S. L.

Ana DMoras

LA TINTA DE TUS BESOS

Editorial La Calle

Antequera 2025

1

Cuando Liria compró una empresa de *marketing* y diseño en ruinas, su mejor amiga —y su mano derecha— se llevó las manos a la cabeza, incrédula.

Liria había vendido su negocio de toda la vida por una buena suma de dinero, suficiente para darse el lujo de cometer locuras si así lo quería, aunque lo único que necesitaba en ese momento era volver a casa después de tantos años en Madrid.

Dejó que su amiga y confidente se encargara de las contrataciones y, por respeto a quienes ya trabajaban allí, mantuvo a todos los que decidieron quedarse y aceptaron que las cosas iban a cambiar.

Las dos primeras semanas fueron un torbellino: apenas durmieron y casi no comieron. El objetivo inicial fue salvar a los pocos clientes que aún quedaban y, al mismo tiempo, intentar recuperar otros con precios casi de coste.

Pero Liria lo sabía por experiencia propia: sin riesgo no hay nada en esta vida que realmente valga la pena.

Había funcionado. Tras esos primeros contratos y semanas de trabajo intenso, su mejor amiga y confidente, Coral, la animó a organizar una fiesta de agradecimiento. Era su forma de reconocer el esfuerzo tanto de los antiguos empleados —que se habían adaptado sorprendentemente bien al cambio— como de los nuevos integrantes del equipo.

Reservaron un restaurante solo para ellos y contrataron a un grupo de música en exclusiva. Quería dejar claro que había llegado para hacer grandes cosas. No se conformaría con migajas ni con recuperar a viejos clientes anclados en las mismas demandas de hace décadas.

Todos bebían; Liria, en cambio, observaba en silencio. Coral chocó su copa con la suya y le dijo que lo había logrado, que todo siempre brillaba allí donde ella ponía el ojo.

Liria recorría la sala con la mirada. Veía los grupos que se habían formado: los veteranos, que conversaban como si fuera un día más en la oficina, y los que aún no terminaban de encajar en ninguna parte.

Por alguna razón, su atención se detuvo en un grupo de tres chicas que hablaban animadamente. Sin disimulo, fijó la vista en una de ellas. Sabía que formaban parte del equipo de diseño gráfico porque, antes de salir de la oficina, Coral le había hecho un breve repaso de cada área.

Llevaba un pantalón vaquero algo ancho, quizá demasiado informal para trabajar, pero no le dio importancia. Siguió observando a aquella mujer cuyo cuerpo estaba repleto de tatuajes, tan extraordinarios como su figura despampanante. Se notaba que dedicaba mucho tiempo a cuidarse; su piel, extrañamente bronceada para el frío que hacía fuera, parecía un contraste calculado. El top ajustado dejaba claro que le gustaba su físico y que no tenía problema en mostrarlo.

Su melena larga y rizada, de un rubio cálido, tenía un brillo especial. El rostro, enmarcado por esos rizos, era hermoso; los ojos eran marrones color miel, grandes y penetrantes. Liria lo supo en cuanto notó que se había percatado de que la observaba.

Y lo confirmó cuando la mujer le devolvió la mirada... junto con una sonrisa perfecta.

—¿Quién es esa chica? —preguntó a su amiga, que aún permanecía a su lado.

—¿Aline? Liria, nos conocemos... Es hetero. Creo que algunas tardes he visto a un chico grande y fuerte esperándola en la puerta con una moto.

Ignoró cada palabra. Ni siquiera respondió. No sería la primera vez que una mujer «hetero» caía en sus redes.

Aline, por su parte, la observaba de vez en cuando con curiosidad, quizá con un leve ápice de nerviosismo. No sabía si su jefa la juzgaba o simplemente miraba en esa dirección sin más. Llevaba dos semanas trabajando para ella y aún no habían cruzado una sola palabra. Le parecía esquiva, siempre con prisa. Solo frenaba en un extraño ritual para dejar y colocar el casco de su gran moto de alta cilindrada.

Sabía, gracias a Coral, que su jefa prefería los bocetos hechos a mano «como toda la vida». Para ella la tableta era un acompañante, no una herramienta que sustituyera la creación. También sabía que no había escatimado gastos para ofrecerles un espacio acogedor donde pudieran dibujar con total libertad, y que desde su oficina aprobaba o rechazaba ideas sin fijarse en a quién pertenecían.

Liria se acercó al grupo de personas que llevaban más tiempo en la empresa. Quería conversar, conocer sus sensaciones. Todos parecían felices con el cambio; algunos confesaban haber recuperado la ilusión por escribir, por investigar. Fue pasando de grupo en grupo con discreción, aunque tenía un objetivo claro: llegar hasta ella.

Aline sentía que esa mujer estaba cada vez más cerca. Le asustaba quedar en ridículo frente a ella. La había visto entrar y, desde entonces, no podía evitar pensar lo elegante que le parecía: traje hecho a medida —seguramente reciente—, aunque ahora solo llevara la camisa. Calculaba que tendría unos treinta y tres años y que, para ser tan joven, era evidente su experiencia en el mundo empresarial.

Con una mano en el bolsillo, de forma desenfadada, y la copa en la otra, no parecía querer aparentar ser alguien que no era. Lo que veías era lo que ofrecía. El hilo de sus pensamientos se rompió cuando una fragancia embriagadora se coló en el aire, justo a su lado. Al girarse, se encontró con unos ojos verdes, algo cansados, que la miraban de frente. Un pelo ligeramente despeinado —aunque hecho a propósito— enmarcaba una melena negra azabache que caía hasta poco más del hombro, salpicada de alguna cana que, lejos de restarle, la hacía ver espectacular.

—Hola —dijo Liria al grupo de mujeres, aunque su mirada se desviaba hacia ella, confirmando que era tan hermosa de cerca como de lejos. Quizá más, ahora.

—Hola —respondió Aline, como si supiera que ese saludo estaba dirigido únicamente a ella.

Liria sostuvo la mirada un segundo más de lo socialmente correcto.

—Aline, ¿verdad? —preguntó, con un tono que sonaba a afirmación más que a duda.

—Sí... —asintió, intentando mantener la voz estable.

—He oído que estás en el equipo de diseño gráfico.

—Así es. —Su respuesta fue breve, pero no seca; más bien cargada de ese nerviosismo que no sabía si era por estar frente a su jefa o por algo más.

—Coral me habló de ti —añadió Liria, dando un sorbo a su copa—. Dice que tienes un talento especial para los detalles.

Aline sonrió, ladeando apenas la cabeza.

—Es amable por su parte.

Liria notó que el resto del grupo se había quedado en un segundo plano, ocupando el aire, pero sin intervenir. Y le gustó esa sensación de que, de pronto, solo existían ellas dos.

—Me gustaría ver más de tu trabajo. Conocer tu forma de pensar.

—Cuando quiera —contestó Aline, y por primera vez en la noche no apartó la vista de sus ojos verdes.

Liria les dijo que no había tenido el placer de saludarlas ni de conocerlas como merecían. Aunque el primer día hubo una reunión de equipo, en aquella ocasión estaba demasiado concentrada en no cometer errores de novata.

Las felicitó y llamó al camarero para que les sirviera otra copa. Aline lo agradeció con un leve nerviosismo que no terminaba de entender. Imaginaba que era porque era la primera vez que tenía una jefa tan imponente. Eso la abrumaba un poco.

Además, —como ya había comentado con sus amigas de fiesta— Liria era muy atractiva y tenía un carisma que llenaba cualquier sala. Aunque nadie le prestara atención cuando lo decía, ni siquiera su novio. Él solo se limitaba a recogerla y a llevarla a casa, evitando que tuviera que caminar media hora cada día desde su piso, si no le daba tiempo a coger el coche para ir a la otra punta de la ciudad.

2

Los proyectos marchaban muy bien. Poco a poco seguían llegando nuevos encargos que dejaban un excelente sabor de boca en los clientes. Eso empezó a hacerse notar. Pese a que la empresa seguía en el mismo lugar, Lirian-te funcionaba de maravilla y ofrecía una profesionalidad respaldada por un equipo amplio y especializado en muchos campos.

La fama crecía tanto que incluso habían aparecido tímidamente en un artículo local, descritos como una innovación a la antigua usanza. Todos estaban muy orgullosos de su esfuerzo.

Esa mañana reinaba una calma extraña en la oficina. Liria, que había optado por un traje más desenfadado —pantalón holgado y camisa azul marino que le quedaba realmente bien—, escuchó llamar a su puerta.

Pidió que pasaran sin darle demasiada importancia a quién pudiera ser, pero al ver a Coral tan exaltada, apoyó las manos sobre la mesa, preparándose para recibir la información de golpe. Sabía que su intensidad no le dejaría otra opción que escuchar sin interrumpir.

Se conocían desde hacía veinte años. Coral siempre había sido así. Tal vez por eso Matías, su marido desde hacía dos décadas, la seguía mirando con tanto amor. Para Liria era imposible no sonreír cada vez que salían los tres a cenar juntos: verlos aún tan cómplices y felices era un recordatorio de que algunas historias sí podían durar.

Coral hablaba muy rápido y con evidente nerviosismo, pero eso no era un problema para Liria: la entendía perfectamente. Según su amiga, un empresario había hecho una oferta irresistible, de esas que no se pueden rechazar.

El acuerdo era claro: recibirían una suma considerable de dinero si lograban producir un anuncio impactante, capaz de llegar a todos los públicos. Si lo conseguían, las cuentas se equilibrarían y, por fin, podrían decir que la empresa funcionaba por sí sola, sin necesidad de que Liria siguiera aportando capital.

Quería algo sincero y honesto, hecho desde el corazón. Un trabajo como los de toda la vida. Había oído que en Lirian-te las cosas se hacían así: usando tinta, manchándose los dedos, como debía ser —decía aquel hombre—. Prometió que, si quedaba satisfecho, firmaría un contrato con ellos por un par de años. Liria supo en ese instante que era una gran oportunidad... y que su amiga tenía toda la razón.

Aceptó el reto, segura de que, con mucho esfuerzo —y quizá alguna cerveza compartida—, lograría leer la mente de aquel hombre y trabajar mano a mano con él para hacerlo feliz.

Unos días después, tras una sesión matutina en el gimnasio en la que empezó a pensar que tal vez debería bajar un poco el ritmo y descansar, lo llamó y lo escuchó. La idea le pareció romántica, aunque algo alejada de la realidad. Lo que en verdad quería era vender colchones. Sí, colchones de alta gama para que las parejas se amaran y envejecieran juntas. Según él, en España no había ninguno mejor que los suyos.

No dudó en enviarle uno como regalo. Otro se instaló en una habitación de la oficina que estaba en desuso. Invitaba al personal a probarlo para que comprobaran lo realmente cómodo que era. Después de dos noches durmiendo en él, Liria supo que no exageraba: se levantó llena de energía, sin dolores. El colchón «atrapaba». Aquello le pareció un buen eslogan.

Así que, tras su rutina de gimnasio, llegó directamente a la oficina, todavía sofocada por la carrera. Le preguntó a Coral quién sería el encargado de trabajar mano a mano con ella. Su amiga, que la conocía bien, entendió que, mientras entrenaba, había tenido una idea tan buena que no podía esperar a ducharse ni a ponerse su formalidad habitual para expresarla.

Aline salió rumbo al despacho de su jefa tras ser llamada por Coral. Estaba asustada; no sabía si había hecho algo mal. Así que, casi como quien entra en un matadero, abrió la puerta muy despacio, como si quisiera evitar que esta sonara más de lo necesario.

Esperaba encontrarse con la expresión seria y formal que siempre había imaginado, pero al entrar... se quedó impactada.

La piel de Liria brillaba aún por el sudor, no de forma grotesca, sino con una sensualidad inesperada. Llevaba unas zapatillas vistosas, algo desgastadas por el uso, y un conjunto deportivo ajustado de licra, de esos que solo parecen hechos para mujeres altas y esbeltas.

Aline quedó extasiada; Liria lo notó y le dedicó una sonrisa. No esperaba que fuese ella su mejor dibujante; en realidad, no había pensado en nada más allá de su idea y de llevarla a cabo.

La invitó a sentarse. Tenían muchas cosas que poner en orden. Les esperaban semanas muy duras de trabajo para conseguir ese contrato tan importante para todos.

—Siéntate —ordenó.

Quiso que sonara firme, pero sabía que, a veces, no solo en el trabajo, parecía imponer su voluntad. Intentó suavizarlo invitándola a un café preparado en la cafetera que tenía en el despacho. Se notaba que hacía demasiados cafés al día.

Aline lo obvió. Estaba demasiado nerviosa por lo que pudiera querer de ella, y algo confusa: no entendía del todo la razón de esos nervios ante su jefa. Aun así, tragó saliva y se serenó. Había trabajado mucho para llegar hasta allí y para ser considerada una de las mejores en su campo. En eso tenía una seguridad vertiginosa.

Liria lo notó. Entre un café y algunos vasos de agua, Aline empezó a coger confianza. Pronto se atrevió a dar sus opiniones sobre cómo podrían afrontar el proyecto con más profesionalidad y eficacia.

—No sé si eso de que un colchón «te atrape» sea la mejor idea de *marketing* —dijo Aline.

Liria, lejos de sentirse ofendida, se sintió bien. Le gustaba que, a pesar de saber que para ella aquella era una gran idea —tanto como para haber corrido hasta allí—, Aline no titubeara al decir lo que pensaba. Aunque, casi de inmediato, la joven pareció abrumada. Al fin y al cabo, le estaba hablando a su jefa.

—Pon mañana algunas ideas mejores sobre mi mesa y las trabajamos —respondió Liria, antes de levantarse para invitarla, de forma sutil, a marcharse.

3

Aline no sabía dónde meterse cada vez que estaba cerca de esa mujer. O, más bien, cada vez que esa mujer se acercaba a ella. Sentía que siempre metía la pata... o al menos así lo percibía. Estaba convencida de que tendría los días contados en la empresa si seguía tan desafortunada. Se dijo a sí misma que empezaría a guardar un poco más esos pensamientos que, sin permiso, viajaban solos hasta su boca.

—Me van a despedir, ¿sabéis? —exclamó Aline, levantando la voz en ese bar donde todos sus amigos solían tomar copas.

Su novio la besó, restándole importancia a lo que llamaba «sus paranoias», pero ella insistía en que no paraba de meter la pata delante de su jefa. Que Liria quería un anuncio con el lema «un colchón que te atrapa» y, como le parecía una tontería, no se lo pudo callar.

Su novio le pasó un brazo por encima, quizá más para que dejara de hablar de su trabajo que para reconfortarla. Dos amigas le restaron importancia con un «no te rayes, tía» y otras frases hechas que, lejos de tranquilizarla, la dejaron más pensativa. No paraba de darle vueltas y vueltas a aquel tema. Además de qué podría presentar con la idea de colchones que atrapan.

Al llegar a casa, —después de que Rodrigo quisiera un polvo rápido y torpe en el asiento trasero del coche— se concentró en escribir algunas ideas. Luego dibujó tanto que terminó dormida sobre la mesa, interrumpida solo por el despertador.

Ese día no tenía que trabajar, así que revisó los dibujos. No sintió un hormigueo, pero podían funcionar. Los guardó en una carpeta, ansiosa de que llegara el lunes para poder hablar con Liria. Eran, bajo su criterio, propuestas relacionadas con colchones que atrapan. Al final optó por respetar la idea de su jefa: no quería problemas.

Pasó el resto del día con Rodrigo, aunque su cabeza estaba en otras cosas: el contrato, sus ideas, las posibilidades. Le gustaba ese trabajo; cobraba bien y, en general, tenía bastante libertad creativa en la mayoría de los proyectos.

Rodrigo quiso otro polvo, y ella, sin mucho ánimo, lo dejó hacer. Cuando él la empujó una y otra vez con dureza, cerró los ojos y se dejó llevar. Después, se marchó a casa con la excusa de seguir trabajando. No era verdad. En realidad, lo único que quería era estar sola, leer alguna novela o ver la televisión, sin más.

Sabía que algo con Rodrigo no estaba funcionando del todo. Se excusaba en su nuevo trabajo, que era exigente, pero la realidad era que el horario era bastante flexible. Llevaban dos años juntos y su relación había sido más o menos igual desde el principio: algo seca y áspera.

Aline no sentía que pudiera ser demasiado cariñosa con nadie. Era esquiva, pero sabía que eso, a veces, no resultaba agradable para las personas de su alrededor. Rodrigo no era un mal muchacho, pero llevaban un tiempo en el que él ya no quería saber demasiado de nada..., y ella quería saber demasiado de todo.

Su nuevo trabajo, crecer como persona, hacer cosas importantes que mereciera la pena recordar. Rodrigo se conformaba con irse de cañas con los colegas los sábados por la noche, y ella ya no sentía que su tiempo estuviera siendo bien aprovechado. Había tanto por dibujar y tantos lugares que visitar en el mundo...

Su moto de gran cilindrada estaba lista para ir al trabajo. Liria la había limpiado cuidadosamente: quería más a esa moto que a la mayoría de las personas de su alrededor. Quizá porque había trabajado muy duro para poder tenerla hacía muchos años, o quizá porque era el reflejo puro de lo que siempre había sabido: la vida no te da nada que no trabajes con esfuerzo.

Llegó a su plaza de aparcamiento. A lo lejos, divisó a Aline portando una gran carpeta. Sabía que eso significaba que realmente había trabajado en lo que le pidió. La observó detenidamente, aún sentada sobre su moto, viéndola contonearse como si el mundo le debiera algo.

Estaba radiante. Su pelo rizado y suelto se movía con el suave aire de la mañana. A diferencia de otras veces, vestía algo distinta: una blusa blanca que dejaba entrever un sujetador de encaje de lo más sugerente y un precioso pantalón acampanado en color verde menta. Un ligero maquillaje resaltaba sus rasgos, recordándole que a ella le hacía falta muy poco para estar arrebatadora.

Su amiga la saludó, sacándola del trance en el que había entrado mirando a Aline. Liria se sacudió el pelo al quitarse el casco, como si nada hubiera pasado. Su amiga le plantó un beso en la mejilla tan eufórica como siempre. La quería por ser así, aunque sabía que no podría prestarle atención a nada de lo que dijera hasta que no se tomara un café tamaño XXL.

La noche anterior había sido intensa. No porque hubiera salido con nadie, sino porque estuvo en el sofá de un hospital acompañando a su madre enferma, que la necesitaba más que nunca. Los días se hacían duros viendo cómo se deterioraba un poco más cada día y cómo las entradas al hospital se hacían más asiduas. Aun así, sabía disimular esa tristeza. Con su elegante traje *oversize* color negro y un *body* crema que la hacía lucir arrebatadora. Dejó el casco en la recepción del edificio y subió directamente a su despacho en busca de su ansiado café.

Sobre la mesa había una caja de madera y una nota:

Espero que disfrute con esta caja de nuestros vinos. Me he tomado la libertad de enviarle también unas copas para realzar su sabor. Gracias por su gran trabajo; las ventas se han duplicado desde el lanzamiento del anuncio.

Apartó la caja a un lado, encendió el ordenador y la cafetera. Quería ponerse al día de inmediato, y así lo hizo. Cuando miró el reloj ya casi era mediodía. Quería entrenar antes de volver más tarde, así que salió.

Cuando Aline tocó dos veces la puerta para enseñarle el trabajo, descubrió un despacho vacío, con la mesa llena de papeles y tazas de café vacías. Se preguntó si sería saludable comer tan poco y beber tanto café. Dudó si dejar la carpeta sobre la mesa para que Liria la viera cuanto antes, pero tras pensarlo unos segundos, supo que su jefa trabajaba de otra manera: le gustaba que se entendiera su trabajo en persona.

A la mañana siguiente, fue Aline quien, desde su coche, vio a Liria llegar en su moto. Se bajó con el mismo estilo que su *look*: un traje color caramelo que, bajo la chaqueta, no ocultaba más que su ropa interior. La observó y analizó con calma. Era realmente preciosa y elegante. No llevaba ni un ápice de maquillaje. Se notaba que se había lavado la cara y, quizá, peinado con la mano antes de salir a la calle.

Sujeta la carpeta con fuerza, recordando que debe enseñarle el trabajo y obtener su aprobación. El olor a café la golpea cuando toca dos veces y escucha un «adelante» tosco. Empieza a pensar que su rutina es siempre la misma, y que, tal vez, llegar tan temprano la haya molestado. Cree que, otra vez, ha metido la pata por no poder esperar un poco más…, pero ya es tarde para eso.

Se ve frente a ella y Liria la observa expectante, recordando que el día anterior no vio sus dibujos. Se apoya en la mesa, sentada de medio lado, mirándola desde arriba con la taza de café humeante entre las manos. Está algo emocionada por descubrir qué esconden esas manos tan pequeñas y delicadas que la convierten en una gran dibujante.

—Enséñame qué tienes —la insta, dando un sorbo a su café sin apartar la mirada.

Aline luce tan hermosa como ayer. Lleva un pantalón, quizá igual al del día anterior, pero en color negro. Liria piensa que tal vez los haya comprado solo para ir a trabajar, y que no formen parte de su estilo habitual… Pero está embriagadora con esa camiseta de tirantes blanca y una camisa de manga larga que hace las veces de chaqueta.

—He trabajado durante el fin de semana en el proyecto.

Aline saca el primer dibujo. Al ver la expresión de Liria, siente una sacudida extraña. Observa cómo deja el café sobre la mesa y se incorpora un poco. Lo agarra con las manos, lo examina, se despega de la mesa y camina hacia su silla. No se sienta, solo lo contempla, buscando algo.

—¿Tienes algo más?

La pregunta es seca, impasible. Liria deja el dibujo sobre la mesa. Aline asiente y saca otro, que también es analizado con la misma minuciosidad. Puede ver la verdad en sus trazos, la fuerza, las ganas de mostrar algo increíble. Nota cómo cada línea quiere resaltar la magia y el color. No es un mal trabajo..., pero Liria sabe que no es lo que necesitan.

—Dijiste que mi idea de un colchón que te atrapa era mala —dice, soltando el dibujo casi con brusquedad—. Sin embargo, me presentas dos representaciones con esa idea.

Aline siente un crujido interno. No esperaba tanta dureza, aunque entiende que no haya sentido ese hormigueo, porque ella misma tampoco lo sintió.

—No quería decepcionarte —admite.

—Explícate.

—Querías colchones que atraparan... Era tu idea.

—Dijiste que era una mala idea y, aun así, aquí estás con dos dibujos representándola. Si quisiera que mis trabajadores me hicieran la pelota cada vez que creo tener la mejor idea no podría esperar que me sorprendieran. Vete y haz de esto algo que merezca la pena.

—Puedo hacerlo mejor —responde, casi rota.

—Ahora mismo, no lo sé.

Se miran, desafiantes. Aunque Aline siente que su ego ha sido magullado, sus palabras son sinceras: sabe perfectamente que puede hacerlo mejor, y que tanto miedo a meter la pata es lo que la hace tropezar. Liria nota el fuego en sus ojos, ese fuego que ahora la detesta un poco... Pero, lejos de amargarle el sabor, lo encuentra atractivo. Ese fuego es lo que necesita para que su empresa crezca, lo sabe.

Dentro de esa mujer hay una historia candente. Al mirarla, recuerda que desde que empezó en la empresa, hace algo más de mes y medio, no ha tenido relaciones íntimas con nadie. No sabe por qué se le cruza ese pensamiento... y no puede evitar que su mirada baje al escote de Aline con cierto deseo. Rápidamente aparta esa idea, recupera el papel que le corresponde y la invita a marcharse para trabajar de forma más seria.

4

Aline estaba casi obsesionada con ese trabajo. No dejaba de darle vueltas y más vueltas a la idea «colchones que atrapan». Era lo único que le venía a la cabeza, como un eco constante que no se apagaba. «Colchones que atrapan», repetía mentalmente hasta que las palabras perdían sentido y sonaban extrañas, como si el cerebro se hubiera derretido intentando encontrar la imagen perfecta para representarlo.

No era solo un proyecto más. Sabía que ese contrato podía marcar un antes y un después para la empresa, y también para ella. Había algo personal en demostrar que podía hacerlo mejor que nadie, sobre todo después de la última reunión con Liria. Recordaba cada palabra, cada gesto y, sobre todo, ese tono seco y seguro que, aunque la irritaba, también la empujaba a superarse.

Pasó horas en su mesa, probando ideas, garabateando bocetos que descartaba al poco de dibujarlos. La taza de café se enfriaba a su lado mientras las hojas se amontonaban, llenas de trazos a medio hacer. Se levantaba, caminaba por el estudio, volvía a sentarse. Probaba con algo elegante, luego con algo más atrevido, después con algo simbólico... Nada la convencía del todo.

En un momento de frustración, apoyó el lápiz y se dejó caer hacia atrás en la silla. Miró el techo, intentando despejar la mente, pero la imagen de Liria apareció de nuevo. No como su jefa, sino como esa mujer que se bajaba de la moto con una seguridad innata, con un traje perfectamente elegido... y esa mirada que parecía atravesarla.

Sacudió la cabeza, intentando apartar ese pensamiento. No estaba ahí para distraerse. Tenía que encontrar la idea. La idea que hiciera que Liria dejara de verla como una promesa y empezara a verla como una certeza. Y aunque todavía no sabía cómo lo lograría, sí sabía una cosa: no iba a rendirse.

Esta vez, ambas llegaron al aparcamiento al mismo tiempo: Aline en un viejo Seat que seguramente había comprado hacía años y que, por los arañazos que tenía, usaba como mero transporte; Liria, en cambio, dejaba su moto con suavidad, como si temiera cada roce que alguien pudiera provocarle.

Se dio cuenta de que Aline no llevaba ninguna carpeta, pero el desafío en su mirada seguía intacto. Le gustaba que no se asustara, que le sostuviera la mirada. Volvió a recordar el tiempo que llevaba sin tener sexo, y eso que tenía una agenda con contactos más que dispuestos a recibir su llamada. Sin embargo, la imagen que tenía toda su atención era la de Aline entrando y dándole la espalda. Hoy no había pantalón elegante. Hoy había vaqueros rotos y una chupa de cuero negro tan desgastada como su coche.

Le pareció un acto de rebeldía, un «si quieres algo de mí, será a mi manera». La siguió sin poder evitarlo. Esa mañana, la rutina del café podía esperar un poco.

Su amiga la saludó al pasar. Le pidió que por la tarde le dedicara unos minutos. Liria asintió rápido, sin detener su paso tras esa mujer desafiante. Nada más entrar y soltar un suspiro ensordecedor, Aline volvió a coger aire, como si estuviera a salvo, pero dio un pequeño salto al escuchar la voz quebrada de Liria:

—¿Tienes algo para mí hoy? —la retó, aun sabiendo que, *a priori*, era muy difícil que hubiera tenido tiempo de desarrollar nada más.

Aline se quitó la chaqueta y la dejó sobre la silla. Clavó sus ojos color miel en los verdes, casi primaverales, de ella. Nada de eso la intimidó, aunque podía sentir cómo su cuerpo se tensaba. Negó con la cabeza, y Liria, con una sonrisa casi burlona, se dio la vuelta.

—Lo suponía —dijo antes de marcharse, atravesándola con esas palabras.

Lo había intentado. Había tratado de hacer algo útil, pero terminaba garabateando tonterías... y gatitos. Cuando nada pasaba por su mente, dibujaba gatos de todas las razas y colores. Sin embargo, tener su escritorio lleno de gatitos no era precisamente una buena señal. Algo frustrada soltó el lápiz entre un eterno suspiro por no saber cómo seguir. No dejaría de intentarlo. Pero, al ver que Rodrigo la esperaba en la puerta del trabajo, pensó que sería una buena idea estar con él un rato haciendo algo. Liria sabía que la presencia de aquel muchacho tan atractivo no era necesaria, aún podía ver el coche aparcado en la puerta, así que quizá se trataba de una sorpresa de su pareja, una invitación a comer, por ejemplo. Eso le gustaba. Ella era un caballero, dicho de forma algo grotesca, pero le gustaba ser servicial con sus amantes: abrirles la puerta, retirarles la silla para sentarse, servirles el champán en las veladas románticas de sexo.

Al verla salir con esa seguridad para besarlo y pasar sus manos por su cuello con una sonrisa de oreja a oreja, lanzó un suspiro al verla subir a esa moto y aferrarse a su cintura con fuerza, no pudo evitar arrancar la suya. Sin saber muy bien por qué, condujo tras ellos durante unos instantes, aferrada a la visión de esa camisa que bailaba con el viento y esas piernas largas y repletas de tinta de las que debía quitar su mirada. Se dio cuenta de lo absurdo de sus actos. «Parezco una niñata», pensó, y aceleró, adelantándolos a toda velocidad.

Aline la miró de reojo, llevaba esa chaqueta negra ajustada y esa seguridad aflorando en la postura de su cuerpo, y se preguntó a dónde iría con tanta prisa. Tal vez alguien la esperaba en casa… Seguramente su vida estaba más que resuelta en ese ámbito, no como la de ella, que se aferraba a Rodrigo con tanta fuerza solo por el miedo que aún le producía ir de copiloto con él

Mantuvo relaciones con él, un sexo casi terapéutico. Galopó sobre él con dureza, tapándose la boca para escuchar únicamente el sonido de sus gemidos. Se tocaba los pechos, deseosa de sentir tanto como pudiera. Se excitaba. Rodrigo se dejaba hacer. Sintió cómo su cuerpo se sacudía, pero ella no se detuvo; siguió oscilando encima de él con más fuerza.

Entonces, sin saber por qué, la imagen de Liria apareció en su mente. Fue un destello fugaz, pero lo bastante nítido como para que bajara el ritmo, confusa. Se preguntó por qué demonios estaba pensando en ella en ese momento… En cómo sería si fuera Liria quien la rozara así. Esa idea la sacudió por dentro y, aunque no lo entendía —porque a ella no le gustaban las mujeres—, notó cómo la embriagaba la fantasía.

Se mordió el labio, sintiendo un calor distinto recorrerle el cuerpo. Y, sin querer analizarlo demasiado, volvió a enloquecer encima de él, empujando con más fuerza, con más rabia, como si quisiera borrar esa imagen y, al mismo tiempo, atraparla para siempre.

Rodrigo, enardecido, la sujetó con fuerza de las caderas para empujarla con más agresividad. Hacía mucho que ella no lo deseaba de esa manera. Eso lo volvió loco. Quiso tocarle un pecho, pero ella le apartó la mano de forma tajante y volvió a taparle la boca. Él volvió a sujetarla con fuerza, empujándola tan duro que Aline terminó inclinándose hacia él para besarlo con rabia, con ansias. Lo miró, hacía tiempo que no lo sentía así, y recordó que el sexo con él podía ser muy bueno cuando ambos estaban en la misma sintonía, así que se dejó llevar por el ritmo que Rodrigo había traído para los dos y sintió como su cuerpo se ponía al límite. De nuevo, sin saber el porqué, la vio a ella apoyada con la taza de café observándola con una sonrisa torcida que la hizo estremecerse y caer sobre el esbelto torso de Rodrigo. Lo abrazó para sentir su olor, aunque tuvo que respirar muy fuerte para conseguir llegar hasta él.

5

Esa mañana, Aline volvía a vestir esos pantalones verdes tan bonitos, pero Liria apenas la miró unos segundos al ver que parecía tener prisa. Hoy no la seguiría; en su lugar, abrazó a su amiga y le ofreció un café. Estaba extrañamente contenta, como si la salida a correr matutina le hubiera sentado de maravilla.

Tras escucharla sin dejar de sonreír, Coral quiso saber a qué se debía esa alegría tan poco habitual en ella a esas horas.

—Tengo una buena mañana, simplemente —respondió.

Sabía que era sincera. Coral, que llevaba muchos años casada con alguien que bien podría ser la versión masculina de su amiga, reconocía que no había ninguna segunda máscara en sus palabras.

Tras cerrar algunos proyectos que corrían prisa, Liria se reunió con el equipo creativo de páginas web. También ofrecían ese servicio; no era el más demandado, pero funcionaba mejor de lo que esperaban. Todos eran antiguos trabajadores de la empresa, los que habían mantenido a flote el negocio en su momento. Después de resolver varios asuntos pendientes, salió de su despacho y vio a Aline sacando algo de la máquina expendedora.

—¿No sabes comer como un ser humano? —preguntó con tono seco y tosco, como regalándole la pulla.

—Si no quieres que usemos esta máquina, ¿para qué la pones? —contestó Aline.

—¡Au! —exclamó llevándose las manos al pecho.

Aline cogió la bolsa de golosinas, pero Liria se la quitó y la dejó sobre el mostrador, ante la atenta mirada de Coral, que empezaba a entender ese buen humor repentino.

—Te invito a unas chuches.

Cogió dos cascos y le ofreció uno.

—¿O te espera alguien fuera? —preguntó, casi con miedo a la respuesta.

—No.

Aline agarró el casco y se lo colocó con fuerza. Sabía que a Liria le gustaba la velocidad: lo notó el otro día, cuando pasó por su lado como un rayo, o cada mañana, cuando su rueda quedaba clavada de golpe en el frenazo al aparecer de la nada. Se subió y se agarró con firmeza a su cintura. Ese olor a fruta fresca la embriagaba. Sentía el cosquilleo que la melena de Liria le producía en el cuello al apoyar la cabeza en su espalda, donde se refugiaba del viento que generaba la velocidad.

Estaba algo arrepentida de haber aceptado la invitación, aún sin saber adónde iban. Se aferró con más fuerza a su cadera. A Liria le gustó sentir que así se sentía más protegida.

Al llegar, Liria bajó de la moto, la ayudó a bajar y también a quitarse el casco. Estaban muy cerca, con esa magia extraña difícil de explicar. Liria sabía perfectamente que era una mujer atractiva, pero Aline tenía claro que no le interesaban las mujeres... o, al menos, no sexualmente. Sin embargo, al ver cómo le quedaba ese pantalón de pinza ajustado, sintió algo que la azotó. Recordó cómo, galopando sobre Rodrigo, la imagen de Liria apareció sin permiso en su memoria. Se avergonzó lo suficiente como para que su acompañante notara que algo había irrumpido en sus pensamientos.

Liria le ofreció la mano con amabilidad para acercarla a la entrada del restaurante. Parecía muy caro y estaba casi vacío. Le apartó la silla para que se sentara; era un gesto tierno, pero a Aline le parecía más como una imposición que cumplió sin quejarse.

Aline se desprendió de su larga camisa, quedándose con una camiseta blanca de tirantes muy insinuante. Liria no pudo evitar sentir un escalofrío que le recorrió la piel. Le miró los labios, unos labios preciosos que podría atrapar fácilmente con los suyos. Al darse cuenta de ese pensamiento, se dispuso a pedir por las dos, como hacía siempre que traía a alguna chica allí, pero Aline la frenó.

—Puedo pedir sola, tengo veintinueve años.

Liria sonrió y deslizó la carta hasta ella con sus ojos calvados en los suyos. En realidad, creía que hacía esas cosas para no tener que intimar más de la cuenta; así, en esas citas, eran sus gustos los que se imponían, no los de la otra persona. Pero esta mujer de pelo rizado no era una más. No podía leerla como le gustaría, y eso la hacía observarla más y más. Sus miradas eran tensas, desafiantes, casi punzantes. Si el aire pudiera verse, estaría cortado y hecho añicos por el fuego con que Liria quemaba cada ápice de piel que Aline dejaba a la vista.

De nuevo recordó que llevaba mucho, demasiado tiempo sin tener sexo. Respiró hondo para apartar ese pensamiento.

—¿Sabes qué quieres? —preguntó.

—Una *pizza* margarita —respondió.

—Este lugar tiene cosas increíbles. Voy a pagar yo, pide lo que quieras.

Aline era amenazante, tal vez porque una parte de ella quería llamar su atención, así que se acercó un poco a ella y le susurró:

—Quiero una *pizza* margarita. —Y le dedicó una sonrisa que a Liria la hechizó, haciéndola caer hacia atrás, mirándola. Cuando el camarero sirvió una copa de vino a cada una, le ofreció chocar las copas para romper un poco el hielo.

—¿Por qué me has traído a comer? —preguntó Aline, echándose una aceituna a la boca ante la atenta mirada de su acompañante.

—Porque un ser humano no puede alimentarse de chucherías, y mucho menos crear nada con ese azúcar infectando su creatividad.

Lo decía en serio, y Aline lo sabía. Era una forma de cuidar a su equipo creativo. ¿Quién es esta chica? Se preguntaban ambas en los silencios extraños que desconocían, Liria no podía evitar sentirse tan atraída e intentaba ver a esa mujer y leerla, pero sin demasiado éxito.

El camarero les trajo el primer plato. Aline sabía que ni de lejos era la primera mujer que traía a ese lugar, aunque tal vez lo que le sorprendía más era verse a sí misma como una mujer a la que pudiera traer de esa manera, así que, lo apartó de su mente y trató de seguir comiendo con normalidad. Era complicado porque su jefa no apartaba la mirada.

—Estaría bien que dejases de mirarme así —le dijo Aline, dejando el tenedor en el plato y cogiendo la copa por el tallo para dar un trago.

—¿Por? ¿Te incomoda?

—No.

—Entonces no hay problema. ¿Cómo es tu novio?

—¿Rodrigo? Es un ángel. Llevamos tantos años juntos que es difícil ver mi vida sin él.

Liria no pudo evitar sentir que esa era la realidad. Tendría que conformarse con sentir que era una mujer imponente desde la distancia.

El segundo plato humeaba ante sus miradas, aunque ninguna de las dos probó apenas un bocado. Aline no olvidaba que aun ella esperaba ver algo más creatividad por su parte. Sabía que no tenía demasiadas cosas en su cabeza ahora para plasmar en un papel. Liria vio a Aline pagar en la barra; estaba perpleja con esa rebeldía que tanto le atraía, así que no dijo nada y simplemente se limitó a volver a abrirle la puerta y a ayudarle a subirse en la moto. Esta vez con mucha más seguridad, Aline se sujetaba a su cintura. La hacía estremecerse; por ello, tragó saliva y dio un acelerón para volver a la oficina.

Coral las observaba, conocía bien a Liria y sabía que había en ella un matiz distinto; la notaba algo más insegura que de costumbre. Cuando Aline desapareció por los pasillos, la atrapó, queriendo saber qué era aquello que había visto en la máquina expendedora y lo que entraba ahora por esa puerta.

—Eso es un cero posibilidades, así que tranquila —dijo, dándole un par de palmadas en el hombro, más para consolarse a sí misma que a su amiga.

Liria se centró en aportar proyectos nuevos e ir distribuyéndolos por departamentos. Cuando llegó al de la chica de la *pizza* margarita, asignó esos trabajos a sus dos compañeras; a ella la quería centrada. La necesitaba. Y rápidamente corrigió mentalmente la frase: la necesita concentrada.

6

Rodrigo apareció de la nada, esperándola con ese aire masculino que parecía haberse instalado en él desde la última vez que tuvieron intimidad. Se sentía extasiado y, de poder, repetiría ahí mismo aquel cabalgar de Aline que, visto desde abajo, era como contemplar a una diosa con sus pechos turgentes y los pezones rosados, endurecidos por el deseo. Había recordado por qué le gustaba tanto esa mujer y, cuando la tuvo a unos centímetros, la agarró de la mano y la besó con ganas ante la atenta mirada de Liria. Él la atrajo por la cintura, consciente de que su pantalón gritaba lo feliz que estaba de verla.

Liria apartó la mirada casi de forma inconsciente, pero se dio cuenta de que, al besar a Rodrigo, Aline también la miraba. Ese gesto la sorprendió, aunque no tanto como sorprendió a la propia chica de pelo rizado, que se separó de él de golpe y saltó a la moto para marcharse cuanto antes hacia el *pub* donde habían quedado con sus amigos.

Aline bebía una copa de ginebra tras otra. Estaba agitada y algo enfadada por su falta de creatividad. Si seguía así, terminaría renunciando... y a otras cosas también. Su mente no podía más. Miró el reloj: apenas dormiría antes de ir al trabajo si seguía allí, y no le apetecía mucho. Así que se excusó con su novio, al que le rogó que se quedara, pues él no tenía que trabajar al día siguiente. Él se lo agradeció y ella salió en busca de un taxi que la llevara a casa.

En el camino, pensó que ojalá esas horas de sueño pudieran multiplicarse en descanso para no sentirse tan agotada. Entonces, una idea la golpeó. Le dio una palmada al taxista y le pidió que cambiara el rumbo, que la dejara en el aparcamiento del trabajo, donde aún descansaba su coche.

Abrió la puerta con sus llaves; era la primera vez que las usaba, ni siquiera sabía si había alarma. Estaba algo ebria, pero no le importó. Se sentó en el suelo con un montón de cartulinas en blanco y comenzó a dibujar sin parar. Era magia: «El colchón que atrapa tu cansancio y restablece tu energía en menos tiempo», «Un mundo donde el tiempo pasa más despacio que en el mundo exterior». Entre la idea de que el tiempo en ese colchón transcurría más despacio y la sensación de restaurar el doble de energía, la propuesta fue tomando forma. Sentía ese hormigueo profundo y honesto que no dejaba que su muñeca descansara.

Liria, por su parte, había sacado el teléfono. La voz al otro lado estaba sorprendida de escucharla y le suplicaba que, por favor, fuera cuanto antes a su encuentro. Al despojarse de su ropa y la de esa mujer, sintió que ardía..., pero no como su mente necesitaba. Tras un encuentro extraño —pese a que cientos de veces antes había sido un placer—, al sentir la lengua de aquella mujer no pudo evitar pensar en Aline. Y eso, sin querer, la hizo echarse atrás y disculparse, sin saber muy bien por qué. Pero tenía claro que no podría continuar con esa noche de sexo.

—¿Va todo bien? —preguntó Marta. Llevaban muchos años con ese tipo de relación y siempre había fluido.

—Sí, estoy algo cansada.

Marta la abrazó. Ella siempre sabía que ofrecer para ser acogedora, pero esa noche Liria terminó rechazando sus brazos y se vio arrancando su moto, confusa, incapaz de apartar a esa mujer de su memoria. Su coche seguía en el aparcamiento. Se sorprendió al ver las luces encendidas de la oficina a esas horas. Apagó el motor y, con mucho cuidado, se acercó a la puerta. No estaba cerrada con llave. Pensó si debía coger algo para defenderse. El miedo se hizo eco en su respiración acelerada, pero aun así caminó despacio. No parecía haber nada roto ni alterado. Al fondo, una luz tenue se filtraba.

Abrió la puerta con cuidado, dando los pasos en silencio. La luz procedía de uno de los despachos en desuso de la oficina. Vio el colchón en el suelo... y a Aline, dormida sobre él. Se estremeció al poder verla así, rodeada de dibujos por todas partes. Eran increíbles. Se puso en cuclillas, en silencio, y agarró uno: un colchón que contenía un mundo entero lleno de personas que estaban felices desde que vivían en él. La idea le pareció espectacular. Entonces, encontró otro, este hablaba de que el tiempo pasaba más despacio en ese colchón. Era un dibujo alucinante que hablaba por sí solo: los colores, las líneas, la entrega... Las manos de Aline estaban negras de tanto trabajar. No parecía que se hubiera dormido hacía mucho. Liria no sabía qué hacer.

¿Cómo había llegado ahí? ¿Y cuándo?

Liria se quedó unos segundos más observándola. La respiración de Aline era tranquila, su pecho subía y bajaba al compás de un sueño profundo. Un mechón de su pelo rizado caía sobre su rostro. La luz cálida de la lámpara acentuaba la suavidad de sus facciones. Había algo en esa imagen que la descolocaba, como si estuviera viendo un lado de ella al que nunca tendría acceso en la rutina del trabajo, y mucho menos en su vida privada, tan lejana a la suya.

Con cuidado, recogió algunos de los dibujos que estaban desperdigados por el suelo. Había mundos enteros dentro de cada trazo: escenas vibrantes, perspectivas imposibles, personajes sonrientes que parecían vivir sin peso ni prisa. Liria sonrió con una mezcla de orgullo y desconcierto. Esa mujer había trabajado toda la noche, y lo había hecho no por obligación, sino porque algo en su interior la había empujado.

Se agachó más cerca, casi rozando con la rodilla el borde del colchón. Durante un instante, pensó en despertarla, decirle que había conseguido lo que quería, que esa era la chispa que estaba buscando, pero se contuvo. Prefería que fuera Aline quien, al despertar, viera en su mirada el reconocimiento, la aprobación que tanto parecía necesitar.

Liria se incorporó despacio, dejó los dibujos en un montón ordenado y apagó la luz del despacho, dejando solo la tenue lámpara junto al colchón. Cerró la puerta con cuidado y, mientras caminaba hacia la salida, no pudo evitar pensar que algo había cambiado. No solo en el proyecto, sino en cómo veía a esa mujer. Ni Marta había conseguido apartarla de su mente. Ni siquiera ella, que siempre había estado, que incluso fue quien le agarró la mano cuando el médico le dijo a su madre: «Señora, la quimio no está funcionando como debería».

Se acercó a la máquina expendedora. Ahora que ella dormía ahí, se preguntaba con más ahínco cómo había llegado hasta allí, qué la había impulsado. Sacó un café. El sonido, a esas horas de la madrugada, era ensordecedor. Escuchó la puerta abrirse y vio a una Aline confundida mirándola desde el quicio.

—No deberías comer cosas de esa máquina —balbuceó burlona y adormilada.

Se miraron en silencio. Liria, confundida, estaba preciosa con su pelo rizado alborotado. Aline la observó, llevaba unos vaqueros, una camiseta básica y la chupa de cuero. Estaba muy lejos de esa imagen que casi siempre ofrecía en esas paredes, menos cuando llegó vestida totalmente de deporte. También sabía que esa noche venía de algún lugar distinto.

Liria se acercó despacio, ganando terreno. Por extraño que fuera, Aline leyó sus intenciones e intentó alejarla de ese pensamiento.

—Has ordenado mis dibujos.

Dio otro paso hacia ella, casi amenazante, como retándola a decirle que se detuviera. Pero sentía cómo su cuerpo se estremecía a cada pequeño espacio que le ganaba.

—Son maravillosos, todos ellos. Sabía que podías hacerlo mejor —se sinceró.

—Yo también... aunque me hagas dudar.

—¿Yo?

—Sí...

Dio otro paso hacia ella, notando que esa zona era peligrosa y que en esos últimos metros estaba la gloria.

—¿Qué haces? —preguntó Aline, perdiendo un poco la fuerza al sentir que estaba tan cerca que podía percibir su respiración.

—¿Qué te gustaría que hiciera?

—No voy a besar a una mujer.

Dio un paso atrás, aunque no lejano, casi tímido e inseguro, que le hizo tambalear su confianza al ver los ojos de Liria clavados en los suyos, llenos de fuego.

—Lo sé. Te besaré yo.

Lo afirmó. Otro paso ganado. Sus labios quedaron a escasos centímetros, tan cerca que llenaban los pulmones de sus esencias.

—No quiero que me beses... —susurró.

—Mientes...

Y deslizó su mano tímidamente por su pelo rizado, notando su cuerpo tensarse ante su presencia. Le ganó los pocos centímetros que restaban.

—No voy a ser tu juguete de oficina —susurró.

—Lo sé, no lo serás —musitó pegada a sus labios.

—Mientes...

Y se adentró en su boca con un beso que erizó todos sus sentidos. Solo le bastó un beso de unos segundos para perder las fuerzas y sentir el pulso fuera de control. Liria lo notó y la miró fijamente. Ahí estaba ese fuego. La abordó decidida, atrapando su rostro con sus manos con firmeza, rompiendo cada espacio de su boca con su lengua. Sus respiraciones estaban tan descontroladas como sus manos: las de Aline, torpes y confundidas; las de Liria, seguras y decididas.

Tomó el control. Se despojó de su chaqueta y de su camiseta, y Aline se estremeció al notar que no llevaba nada más. Con delicadeza, como si no quisiera asustarla, deslizó sus manos hasta su cintura. Hizo una pausa para observar su rostro y, al notar sus labios posarse en los suyos, otorgando ese permiso sigiloso, sus dedos deslizaron la camiseta muy despacio.

Aline, asustada, pero entregada, la dejó continuar. Admiró el arte de su piel. Ahora que veía sus dibujos, sabía que ella misma los había diseñado y que seguramente hablaban de su propia historia. Quería saberlo todo. Pasó su lengua por uno de sus pechos y Aline perdió las fuerzas. Así que la tomó de la mano y la guio hasta el colchón, desabrochando antes su pantalón y dando suaves besos en su clavícula para retirar su temor. Y, una vez que estaba desnuda frente a ella, clavó sus ojos en los suyos y se despojó también de su ropa.

La tumbó despacio, algo temblorosa. Sabía que debía tener mucho cuidado con ella, tratarla con mucha más dulzura que a las mujeres con las que solía quedar. Incluso con Marta nunca había sido así de cuidadosa. Paseó sus dedos desde su pecho hasta su ropa interior. El cuerpo de Aline se estremecía a su paso. Llevaba una ropa interior *sexy* y provocadora, aunque sabía que no era ella la destinataria.

Liria pasó su lengua por encima, haciéndola estremecer. Subió despacio, besando poco a poco su piel. Se acercó a su boca y la volvió a besar con ganas. Aunque deseaba profundizar más, no quería asustarla; quería disfrutarla sin que se sintiera fuera de lugar. Deslizó los dedos por su ropa interior y, con mucho cuidado, la apartó despacio, quedando petrificada al notar lo húmeda que estaba. Quiso decir algo, pero prefirió no incomodarla. Por su reacción, estaba lejos de sentirse incómoda. Un leve jadeo se escapó de sus labios cuando el roce de sus dedos alcanzó su clítoris. La hizo rodear su cuello para poder besarla entre jadeos lentos y profundos.

Liria no tenía prisa; le daba el respeto que creía que se merecía. Atrapó sus labios con los suyos y buscó su lengua con ansias. La sujetó por la barbilla mientras le robaba un beso tras otro, al ritmo de sus dedos. Casi sin darse cuenta, Aline arqueó su cuerpo, dejando escapar un gemido de placer que le hizo sonrojarse al notar cómo Liria retiraba sus dedos para llevarlos a su boca, saboreando su esencia.

Aline tenía la respiración entrecortada y, al ver a Liria tan excitada, quiso saber cómo debía hacerlo. Ruborizada, se despojó de la prenda que quedaba entre las dos y le dio su mano a Liria.

—Guíame... —la besó mientras esa mujer tan imponente se estremecía al notar sus dedos.

—Ve despacio —susurró, sintiendo que solo con tenerla tan cerca ya se volvía loca.

No quería parecer torpe. Nunca había estado con una mujer, pero conocía su propio cuerpo. Retiró la mano de Liria y la besó buscando romper sus delicadezas, en un beso duro e intenso que jugaba a descontrolarla. Se colocó sobre sus caderas. Buscó su intimidad, algo insegura al principio, pero la expresión de Liria le confirmó que iba por buen camino.

Se inclinó para besar sus pechos mientras su lengua dibujaba círculos lentos y firmes que bajaban suavemente a su entrepierna. Buscó con sus dedos su interior y sintió cómo los gemidos de Liria aumentaban cada vez más. Sus cuerpos se estremecían.

Aline deseó que la tocara de nuevo. Tomó la mano de Liria, y esta, asombrada, la guio para que introdujera los dedos. Ella obedeció excitada, sintiendo cómo los miedos de Aline se quedaban atrapados entre sus trazos y su piel. Cada sacudida hacía más difícil contener los gemidos, que se prolongaban llenando el aire.

Entre besos, caricias y un sudor compartido, el clímax las dejó exhaustas, una sobre la otra, riendo suavemente por lo que acababa de suceder. Culminaron ese momento con un beso dulce y pausado, que las dejó en calma por un instante.

—Te llevo a casa, si quieres —ofreció Liria.

—No, tengo mi coche en la puerta... Ayer me recogió Rodrigo.

Decir su nombre le provocó una punzada. Era la primera vez que le era infiel. Liria guardó silencio y la dejó marchar sin protestar. Sabía que ahora su mente estaría confusa por lo que había pasado, cómo y con quién. Aunque, al pensarlo, ella también se sentía extraña. Había deseado con todas sus fuerzas lo que acababa de ocurrir, pero no tanto el sabor a amor que se le quedaba, suave y persistente, en la punta de la lengua.

Aline empezó a vestirse, pero esa sensación de seguir desnuda bajo la atenta mirada de Liria no se iba. Sentía su penetrante análisis, como si no quisiera perderse ni un detalle. Eso la aterraba y, al mismo tiempo, la hacía sentirse torpe. El sujetador se le resbaló de las manos, y sus dedos —los mismos que hacía apenas unas horas dibujaban llenos de vida y que después habían tocado un sexo húmedo que no era el propio— parecían ahora casi fosilizados.

Aún sentía el cosquilleo entre las piernas. De pronto, un impulso la golpeó: salir de allí a toda prisa, como si en ese instante hubiera estropeado algo en su vida. Liria lo notó. Apretó los dientes al sentir que ese no era el sabor que esperaba en la punta de su lengua, y que estaba muy lejos del suyo. Hizo el amago de levantarse para tocarla, pero Aline salió disparada. Ese viejo Seat que conducía se convirtió, de pronto, en un Porsche hacia la huida.

7

Era el segundo café que tomaba en menos de media hora. Esa mañana estaba especialmente nerviosa, aunque no podía evitar recordar, de vez en cuando, el recuerdo de sus labios. Al mirar los dibujos de Aline, extendidos sobre la mesa, y ver ese fuego vivo en cada trazo, se preguntaba —aunque ya conocía la respuesta— por qué no había aparecido en toda la mañana. Ni su coche, ni ella, ni un cruce repentino por los pasillos con una mirada fugaz y llena de intenciones... nada.

Tal vez la había ahuyentado. Tal vez había perdido a su mejor dibujante.

Sabía que aquel hombre iba a quedar fascinado con esas ideas y que ese contrato sería brillante. Podía sentir el alma que se desprendía de cada línea, de cada gramo de tinta de esas hojas.

Se dejó caer de golpe en la silla, soltando todo el aire de su cuerpo hasta vaciarse por completo. Miró al techo, moviendo la silla de un lado a otro, intentando calmar esa inquietud. No quería haber estropeado nada... Pero no podía evitar arder al recordar sus labios entrelazados con ansia, como si aquel beso hubiera dejado una marca que ni el tiempo ni la distancia podrían borrar.

Aline se detuvo frente a la puerta de la oficina y, por un instante, pensó en dar media vuelta. El ruido de su propio corazón le parecía demasiado evidente, como si cualquiera pudiera escucharlo. Tenía las manos frías y la carpeta apretada contra el pecho, aunque ni siquiera recordaba haber decidido traerla.

Empujó la puerta y entró. El ambiente estaba demasiado silencioso para la hora que era, y eso solo hizo que su incomodidad aumentara. No vio a nadie en recepción, así que se quedó allí, de pie, sin saber si avanzar o esperar.

La puerta del despacho de Liria estaba entreabierta. Desde dentro llegaba el sonido suave de un bolígrafo escribiendo sobre papel. Esa voz que aún resonaba en su mente —ve despacio—, la misma que la había estremecido horas antes, la sacudió. Agitó la cabeza de un lado a otro para apartar esos pensamientos y respiró profundo. Se asomó apenas lo suficiente para verla. Estaba sentada tras su escritorio, con el ceño ligeramente fruncido, pasando hojas que no parecían tener fin.

No se había percatado de su presencia. Estaba absorta en una conversación telefónica, tan segura, tan embriagadora, con ese traje pantalón y chaleco color chocolate que le quedaba realmente increíble. Al fijarse en su melena desenfadada —la misma que había sujetado unas horas atrás— sintió que perdía las fuerzas. Y el remate fue Liria levantase la cabeza percatándose de su presencia. Siguió hablando por teléfono, pero sin apartar la vista de esa mujer que sujetaba una carpeta con fuerza, vestida con *shorts* y una camiseta de tirantes. Pícara.

—Está bien, Manuel. Tengo algo importante que solucionar aquí —dijo, sin apartar su mirada de ella. Colgó el auricular y la observó.

Aline dudó. Todo lo que había pasado la noche anterior se le vino encima de golpe: la piel, el calor, ese beso que no pudo apartar de su cabeza en toda la madrugada mientras daba trazos y más trazos… y el miedo. Miedo a que fuera un error, a que no supieran qué hacer con lo que habían encendido.

Inspiró hondo y dio dos pasos cortos e inseguros. Liria levantó la vista de inmediato. Su mirada no fue ni fría ni cálida; fue directa, como si supiera exactamente qué estaba pensando Aline, porque ella sentía cómo su cuerpo se derretía al verla allí parada.

—Estás aquí —dijo, sin más, como una constatación que sonó más intensa de lo que debía.

Aline asintió, insegura, y dio otro paso que la dejó más cerca, aunque también más temblorosa, sujetando la carpeta entre sus manos.

—Traje… terminé algunas cosas —murmuró casi sin mirarla a los ojos.

Liria no respondió enseguida. Se limitó a señalar con la barbilla el asiento frente a su mesa. Esa invitación silenciosa era, de algún modo, una orden.

Aline se sentó, sintiendo que el aire se volvía más espeso entre las dos.

Liria tomó la carpeta que Aline dejó sobre la mesa. El cartón estaba caliente, como si la hubiera estado apretando durante todo el camino. La abrió despacio, sin dejar de mirarla de reojo, y comenzó a pasar las hojas. Eran nuevas.

—¿Cuándo has hecho todo esto? —preguntó sin levantar la vista de los dibujos.

Aline tragó saliva.

—Anoche… bueno, hoy. No sé —respondió, intentando que su voz sonara casual.

Liria dejó caer la hoja que tenía entre las manos y la miró fijamente, como si esa respuesta fuera una confesión en sí misma.

—Curioso... —murmuró—. Porque tengo la sensación de que no has dormido demasiado.

El silencio se volvió denso. Aline sintió que se le secaba la boca. Evitó su mirada, pero no pudo evitar verla igual: ahí estaba, de nuevo, su piel cálida, el olor que se le había quedado en la memoria, la presión de sus manos sujetándola y esos pechos perfectos que había tocado con torpeza y deseo. El calor le subió al cuello y tuvo que apartar la vista hacia el suelo. ¿Qué le estaba pasando con esa mujer?

Liria, sin darse cuenta, apretó el bolígrafo entre los dedos, recordando el tacto de su cuerpo, la forma en que se había arqueado contra ella, el sabor de su boca. Esa imagen le erizó la piel, pero intentó cubrirlo con un gesto serio, sin demasiado éxito, porque al mirarla todo su cuerpo la llamaba. Solo quería tocarla y poder hablar sin tapujos. No era una opción, pero el olor de Aline la tentaba.

—Parece que el insomnio te sienta bien —dijo con una media sonrisa que no disimulaba del todo el doble sentido que su mente se negaba a sacar de esa habitación.

Aline levantó la mirada solo un segundo; fue un error, los ojos de Liria la estaban devorando. Sintió un cosquilleo intenso en el vientre, una mezcla de vergüenza y excitación que la obligó a cruzar las piernas bajo la mesa, deseando que cruzara ese límite y la tocara por debajo.

—No sé por qué dices esas cosas —replicó, aunque su voz tembló lo suficiente como para delatar que se derretía ante sus palabras.

Liria apoyó los codos sobre el escritorio y acercó el rostro, reduciendo la distancia entre ellas a un par de palmos.

—Claro que lo sabes.

Ninguna de las dos se movió durante unos segundos. El aire estaba cargado, como si bastara un gesto más para que lo de anoche se repitiera ahí mismo.

—Pensé que no vendrías —se sinceró Liria.

—No lo iba a hacer.

Se cruzaron otra fugaz mirada que sabía a ese recuerdo que aún les latía en la piel a las dos.

—Soy una profesional. Este proyecto es importante para mí —dijo Aline, mordiéndose el labio, sacudida por sus recuerdos.

—No me cabe duda —musitó Liria, casi acercándose a ella sin permiso.

Liria volvió a analizar aquel último diseño, quizá más agresivo y visceral que los anteriores, pero con un calor auténtico latiendo en cada trazo. Sujetaba ese dibujo con firmeza, observándolo con atención, como si le diera el control que no se permitía en ese instante.

—Aline... —la llamó en un susurro, atreviéndose a mirarla, como si sacara fuerzas de un rincón extraño de su interior para decirle que lamentaba si la había puesto en un compromiso, que respetaba profundamente su trabajo, y que, por encima de todo, ella estaría en su lugar. No quería poner patas arriba su vida. Aunque, en el fondo, se muriera de ganas de poner sus piernas sobre sus caderas en ese instante.

Pero nada de eso salió de su boca. Coral irrumpió de golpe en el despacho, cargada con un montón de papeles. El impacto fue como un pistoletazo de salida para Aline, que se apresuró a marcharse, aunque no sin dejar sus ganas dispersas en su mente. No entendía por qué le temblaba todo el cuerpo, a pesar de que ya estaba sentada en su mesa, respirando profundo.

Liria se tragó esas frases que seguramente había estado preparando en silencio, café tras café. Y, al verla desaparecer por la puerta, supo que esas palabras se le quedaban enquistadas en la garganta.

8

Liria, desgastada, con el cuerpo saltando en ese cajón pliométrico donde los segundos parecían pasar a cámara lenta, estaba agotada. Ahora debía levantar la mancuerna diez veces, luego diez flexiones, y así hasta caer rendida en el suelo. Abrió los ojos casi de milagro.

—Buen entrenamiento —dijo su entrenador, agarrándole la mano con firmeza para ayudarla a levantarse.

Jadeaba, intentando recuperar el control de una respiración disparada. Su mente, sin embargo, no conseguía desprenderse de los dedos de Aline sobre su piel, y eso la perturbaba. Ella no era de esas mujeres que se quedaban con sabores en la lengua que no fueran más agonistas. Solía ser quien decidía cuándo y cómo serían esos encuentros.

Se duchó rápido, ya que había quedado con una vieja amiga. Muchos años atrás, Sofía y ella habían sido amantes, pero Sofía sabía que Liria no era una apuesta para el amor y que funcionaban mucho mejor como amigas. Así habían sido desde hacía quince años.

—Estás especialmente en tu mundo —observó Sofía, tomando un trago de su copa de vino y mirándola con cierta confusión.

—Esta nueva empresa me quita mucha energía. Demanda mucho tiempo.

—Creí que era tu sueño.

Lo era. Sofía lo sabía. Y también intuía que detrás de esas frases se ocultaba algo más. Tal vez las recaídas de su madre la tenían mal. Últimamente no lograba estar al cien por cien. Muchas noches acababan las dos en el hospital, esperando a que fuera atendida de urgencia. Pero en las últimas dos semanas la salud de su madre había tenido una buena racha, así que seguramente tampoco se trataba de eso.

Tras la tercera copa de vino, Liria dejó escapar un largo y eterno suspiro, el segundo del día, como si intentara vaciarse por dentro. Sofía la observó con atención. Conocía a esa mujer mejor que nadie, y no precisamente porque hubieran sido amantes —esa parte de sus vidas estaba ya muy lejana y fría—, sino porque habían hablado hasta caer rendidas en la cama millones de veces, tantas como en las barras de un bar o en mesas de terrazas. Sin embargo, hoy, extrañamente, Liria permanecía casi ausente.

—¡Por Dios! —exclamó Sofía—. Escupe ya qué es lo que te tiene así.

Liria respiró hondo. Sabía que era mejor contárselo a alguien, porque aquello le estaba desgarrando por dentro.

—Anoche estuve con una mujer.

—Lo sé. Con Marta.

—Sí... pero fue después de estar con ella... o intentar estar con ella.

Sofía frunció el ceño. Estaba segura de que Liria le había contado que había quedado con Marta. Al ver su expresión de desconcierto, Liria esperó a que su amiga asimilara lo que quería decirle.

Sofía sabía que Marta era su recurso, el lugar al que siempre volvía, aunque no fuera del todo su hogar. Era cálido y reconfortante, lo más parecido a algo íntimo que Liria había tenido con alguien en años. Se veían de forma intermitente, sin compromiso, estaban cómodas así. Tenían un sexo bueno y asegurado sin tener que sucumbir al hedonismo con extraños.

Sofía ladeó la cabeza, con esa media sonrisa que usaba cuando quería que la otra persona siguiera hablando.

—¿Después de intentar estar con ella? —repitió como saboreando las palabras.

Liria apartó la mirada, se entretuvo girando el tallo de su copa entre los dedos.

—Sí... —soltó casi en un susurro—. Anoche, en la oficina... pasó algo.

No quiso describirlo todo de golpe. Era como si nombrarlo lo hiciera más real. Sofía esperó en silencio, acostumbrada a no empujarla demasiado.

—No fue planeado. Ni siquiera creo que ella quisiera estar ahí..., pero estaba. Y... —tragó saliva— fue intenso. Demasiado.

—¿Demasiado para quién? —preguntó Sofía con suavidad.

Liria rio sin humor.

—Para las dos. Pude sentirlo en su cuerpo, en cómo respondía. Pero también... también sentí que cruzábamos una línea que no sé si ella está preparada para asumir.

Sus ojos se oscurecieron un instante, como si en su mente aún reviviera el calor de su piel, el sabor de sus labios.

—Desde entonces no me la saco de la cabeza, Sofi. Y eso... no me pasa. No me pasa nunca.

Sofía arqueó una ceja y apoyó el codo en la mesa, inclinándose hacia ella.

—O sea... —dijo con calma— que anoche te comiste a tu empleada y ahora no sabes si salir corriendo o repetir.

—No es tan simple. Aline tiene una vida con un hombre desde hace muchos años.

—Claro que lo es. —Sofía sonrió, felina—. Te gustó. Mucho. Y a ella también, aunque ahora esté jugando a desaparecer y volver a su vida con ese hombre.

—Sofi... —Liria apretó la copa como si pudiera ahogarse en el vino—, no es algo que deba pasar otra vez.

—Ajá... —asintió Sofía, dándole un trago—. Entonces, ¿por qué tienes esa cara de hambre?

Liria la fulminó con la mirada, pero no contestó.

—Mira, yo te conozco —continuó Sofía—. Cuando te obsesionas con algo, no duermes, no comes... Me apuesto lo que quieras a que anoche no dormiste. ¿Quieres que te diga lo que creo?

—Ni se te ocurra.

—Estás pensando en ella incluso ahora. Y no como en un problema, sino como en algo que te enciende. Lo noto.

Sofía dejó que las palabras flotaran entre ellas, como si fueran humo.

—Lo tuyo no es miedo a lo que pasó, Liria. Es miedo a lo que quieres que se repita.

Liria soltó una risa seca, sin humor.

—No... no es así.

—¿No? —Sofía ladeó la cabeza, estudiándola—. Entonces explícame por qué se te dilatan las pupilas cada vez que la mencionas.

—Eres insoportable.

—Y tú, mala actriz —replicó Sofía, riéndose—. ¿Quieres un consejo de amiga o de ex?

—Los dos los vas a dar igualmente.

—Como ex: búscala y termínalo... bien o mal, pero sé clara y termínalo. Como amiga: deja de fingir que puedes seguir como si nada, porque ese «nada» te está quemando por dentro. Y por más que quieras seguir con esa fachada de mujer seria que tiene su vida controlada, ella te late en esos deditos tan habilidosos que tienes.

Sofía era una buena amiga. Era atractiva por tener ese don de engatusar con sus palabras. También era un disparo que no miraba demasiado las consecuencias de ser sincera. Eso fue precisamente lo que le atrajo de ella y lo que las convirtió en grandes amigas.

Liria apretó los labios. La copa estaba vacía y la giró entre sus manos solo para evitar mirarla. Sofía se inclinó hacia adelante, bajando la voz.

—A ver, ¿cuántas mujeres han conseguido dejarte callada?

—Sofi...

—Exacto. Casi ninguna. Y ahora, por esa... ¿Aline?, te quedas sin palabras y sin aire.

—Es distinta. Ni yo entiendo qué tiene...

—Por eso estás perdida.

Liria apartó la mirada, como si las luces del local fueran, de repente, demasiado brillantes. Sentía otra vez sobre su piel el recuerdo de la noche anterior, la presión de las manos de Aline, el temblor involuntario, el calor... Y Sofía lo percibió, sonrió como una gata satisfecha.

—¿Ves? No tienes que decirme nada. Lo que te hace sentir no se te borra, ni aunque quieras.

9

Rodrigo esperaba repetir el polvazo que se habían echado el otro día, por ello la buscó en el sofá, y le sujetó el pecho con fuerza. Ella rehuía un poco. Su piel todavía temblaba con el contacto de sus recuerdos y, aunque intentaba complacer a su novio, al final, de manera delicada, le dijo una verdad a medias: que estaba muy cansada, que habían sido días intensos de trabajar mucho y dormir poco.

Él se resignó y se recostó en el sofá para centrar la vista en la película. Ella hizo lo mismo; se tumbó sobre él, apoyando su cabeza en su pecho. Sentía cómo el torso de Rodrigo subía y bajaba con cada respiración y sus brazos la envolvían protegiéndola. Deslizó sus dedos despacio por su brazo, paseando por el vello de su piel... Siempre habían sido ellos dos contra el mundo. Era su lugar seguro cuando conseguía serenarse, y no podía entender cómo su mente no dejaba de vacilar entre el presente y aquel instante en el que los labios de Liria la atraparon y la embriagaron, rompiendo todo lo que creía conocer. No pensaba que le gustaran las mujeres, pero su piel gritaba su nombre, tanto que, viendo a Rodrigo dormido, se preguntó si no lo despertaría con tanto estruendo interno. Lo observó en silencio y posó sus labios en los suyos. No se sentía bien con la idea de saber que le había fallado, pero su cuerpo aún se estremecía al recordar los labios de esa mujer en su clavícula.

Escribió una nota:

«Rodrigo, me voy a casa. Estoy realmente agotada y quiero dormir para mañana estar bien. Te quiero».

Cuando escribió ese «te quiero», le tembló la mano. No porque no fuera verdad, sino porque no sabía si seguía siendo honesto. Quería a Rodrigo, era «su chico malo», pero al posar sus labios en los suyos y sentir su piel áspera y su barba bien cuidada, no pudo evitar recordar lo suave que era la piel de Liria, y cómo sus besos, duros e intensos, seguían siendo dulces en comparación con los de él. Se estremeció y salió de su casa tan rápido como su intimidad se encendió. Pensó si debía despertarlo y gozar de su cuerpo, pero ella no lo deseaba a él en ese instante.

Aline se calzó sus zapatillas deportivas y uno de sus conjuntos favoritos para salir a correr, de un color salmón que le quedaba realmente bien. Tras varios kilómetros, terminó en una playa apartada de la ciudad. Olía a salitre, a historias secretas, a ese rincón escondido donde, quizá, podría empezar un gran amor. Sacudió esa idea de inmediato, absurda e irreal, pero no pudo evitar quedarse mirando a dos chicas. Al principio no tomó verdadera conciencia de lo que veía, pero al observar la complicidad entre ellas y cómo sellaban todas esas emociones en un apasionado beso que le cortó la respiración, apartó la vista como si esa no fuera su historia y echó a correr de nuevo en dirección contraria.

Solo podía sentir los labios de Liria besando su piel dulcemente. Sabía que había tenido especial cuidado en todo, que la había protegido para que se sintiera cómoda, y que por eso fue un sexo tan afrodisíaco. Sentía su experiencia tratando cuerpos femeninos. Sabía cuál era el ritmo que necesitaba. Se estremeció al desear que la próxima vez —solo pensar en una próxima vez la paralizó— fuera menos comprensiva y la retara con su cuerpo hasta llevarla al límite.

Intentaba centrarse en Rodrigo, pero cuanto más se forzaba a hacer desaparecer la imagen de Liria a unos centímetros de ella, deslizándole las manos por el vientre para quitarle la ropa..., más rápido corría. El calor la agitaba; cada paso le traía su sabor de vuelta como un latigazo en el corazón. ¿Cómo demonios se había metido en esas sensaciones? El sudor brotaba, al igual que sus ganas de ella. No podía, no quería sentirse tan vulnerable, no quería ser ese «juguete de oficina», un proyecto más en la vida de Liria. Rodrigo se evaporaba por momentos.

Casi entró a su casa como si huyera de algo. Cayó rendida en el suelo del baño, agonizando por el cansancio y con su cuerpo ardiendo al sentir el cosquilleo de sus propios dedos recorriéndola. Ardía como no sabía si había ardido nunca con él... o como hacía años. Y, por más segura de sí misma que se sintiera, ahora, al mirar su mano deslizarse hacia su ropa interior, se sintió muy frágil. Soltó un gemido al notar su propia humedad. Hacía mucho que ese calor parecía ausente. Acarició despacio su intimidad, casi como si estuviera susurrando, pero pronto sintió la necesidad de ser más dura. Quiso que fuera Liria quien la sujetara y la penetrase como lo había hecho aquella noche.

Acabó desplomada en el suelo, exhausta y también asustada. Esa mujer tenía demasiado poder en su mente, y aquella casa que la había resguardado durante más de diez años en su independencia se convirtió, de pronto, en una trampa que le gritaba que ahora lo único que deseaba era que Liria volviera a poseerla. Peor aún... ella quería poseer a Liria.

10

Aline había llegado a la oficina casi derrapando. Había incrustando su Seat en la plaza de aparcamiento y había sentido el tirón brusco del coche al apagarse con la marcha puesta. Había madrugado más de lo habitual con un único propósito: evitar verla bajar de su moto. Temía que la analizara, que leyera en su cuerpo algo que ni ella misma sabía explicar. Por eso se sumergió en el trabajo desde el primer minuto.

Declinó la invitación de sus compañeros para desayunar, aferrándose a la idea de que, si mantenía la cabeza agachada y las manos ocupadas, podría esquivar el peso de sus pensamientos. Estaba casi terminando el nuevo anuncio para la campaña de vinos, y sabía que tarde o temprano tendría que entrar en su despacho, pero se empeñaba en alargar el momento, puliendo cada trazo, perfeccionando cada detalle con sumo cuidado, como si la precisión pudiera retrasar lo inevitable.

Incluso cuando María e Inma se acercaron para elogiar su trabajo, apenas levantó la vista. Agradeció con una sonrisa breve y volvió a concentrarse, dando trazos intensos, casi viscerales, como si quisiera dejarlo «listo para pasar al siguiente nivel». En el fondo, estaba lista para ganar un poco más de tiempo antes de enfrentarse a esos ojos que aún le ardían en la memoria.

El teléfono fijo de su mesa sonó con un timbre seco que le hizo dar un pequeño respingo. En la pantalla había un número interno que no necesitaba comprobar para saber de quién era.

—Aline, cuando termines, pásate por mi despacho. —La voz de Liria sonó firme, sin margen para excusas.

Colgó despacio, intentando que el gesto no delatara el vuelco que había dado su estómago. Respiró hondo, repasó el anuncio una vez más —una excusa inútil— y se levantó. Caminó hacia la puerta del despacho como quien avanza hacia algo inevitable.

Liria estaba de pie, junto a la ventana, con los brazos cruzados y esa expresión que mezclaba concentración y algo que Aline no se atrevía a nombrar. Sobre la mesa, junto a una taza de café medio vacía, descansaban los bocetos que ella había entregado la semana anterior... y otros más, que no recordaba haber dado.

Aline se quedó quieta, esquiva, temblorosa. Sujetaba los bocetos en las manos con la única seguridad que le quedaba, mientras esos ojos clavados en los suyos parecían atravesarla. Liria tenía una mano en el bolsillo del pantalón de traje color *beige*. También llevaba una camiseta blanca ajustada que marcaba su figura con un aire más informal. La observaba sin decir palabra. Ese silencio era un arma, un espacio en el que la estaba leyendo por completo.

—¿Tienes el boceto?

—Sí.

—Dámelo. —Respiró—. Por favor. —Su voz se suavizó al final.

Aline dio un par de pasos y lo dejó sobre la mesa. Liria la miró de reojo. Estaban a pocos centímetros. Si sacaba la mano del bolsillo, podría agarrarla y atraerla hacia sí. La tentación estuvo ahí, latente, rompiendo la fachada de jefa seria que tanto se esforzaba por mantener.

Aline, por su parte, sintió cómo esa fragancia perturbadora la envolvía. Respiró hondo y retrocedió un paso para darle espacio, aunque el gesto fue torpe, casi inseguro. Liria percibió ese titubeo, pero permaneció serena, apoyada contra la mesa, como si todo estuviera bajo control.

Sacó la mano del bolsillo, no para tocarla —aunque su piel lo pedía a gritos—, sino para tomar el dibujo. Estaba lleno de trazos intensos, de colores fuego, de un calor que parecía desprenderse del papel. En su mente, ese anuncio de vinos bien podría vender algo mucho más íntimo.

Sus miradas se encontraron, sostenidas, y ambas pensaron en lo mismo: en el sabor que todavía permanecía en sus lenguas. Aline, sin darse cuenta, se mordió el labio, y Liria supo que en ese instante podría desnudarla sin resistencia. Aline, en cambio, se obligó a respirar y a repetirse que lo que pasó aquella noche no volvería a suceder.

—¿Qué te parece? —preguntó, intentando que su voz sonara firme.

Liria sostuvo el boceto unos segundos más, como si necesitara absorberlo por completo antes de hablar. Sus dedos acariciaban el borde del papel con un ritmo lento, deliberado, que Aline sintió en la piel como si fuera su propio cuello el que tocaban.

—Me parece... intenso —dijo al fin, con un matiz que no pertenecía solo al terreno laboral—. No es lo que esperaba... y eso es bueno.

Se inclinó un poco hacia delante, dejando el dibujo sobre la mesa, pero sin apartar la mirada de ella.

—Es crudo. Tiene fuerza.

La recorrió con la mirada de arriba abajo en un acto reflejo. Observó el vaquero ajustado que le quedaba perfecto, la camisa lisa de tela suave... quizás tanto como su piel. No, sabía que no era fácil tener la piel más suave que la suya. Se moría por levantar esa blusa y desabrochar el sujetador que intuía blanco, de encaje, y que escondía unos senos que no lograba apartar de su mente ni un segundo. Intentó serenarse.

Aline estaba rígida, aunque en sus ojos también brillaba un fuego contenido, como si, al igual que ella, se estuviera alimentando del sabor de sus besos. Pero Liria también percibía esa barrera invisible que trataba de marcar, manteniendo cierta distancia.

—¿Crees que le gustará? —rompió Aline el silencio cargado de la habitación.

—Claro. Es muy bueno.

Aline sonrió, no porque estuviera tranquila, sino porque había dedicado todo el día a volcar en ese trabajo los pensamientos provocados por esa mujer que la penetraba con sus ojos verdes. Se ruborizó al recordar que, apenas unas horas antes, se había masturbado deseando que fuera ella quien lo hiciera. Pero eso —se repetía— no volvería a suceder.

Dio un paso atrás bajo la atenta mirada de Liria.

El silencio que siguió fue denso. Solo se escuchaba el zumbido bajo de la luz del despacho y, quizá, el latido acelerado de ambas. Liria volvió la vista hacia el boceto, como si, de repente, todo fuera estrictamente profesional. Aline aprovechó para respirar.

—Puedes irte —dijo al fin, sin mirarla.

Aline se dio la vuelta para salir, pero supo que ese permiso no significaba que estuviera a salvo.

Salió del edificio como si la persiguiera un incendio. El aire frío no la calmó; al contrario, avivó ese fuego que le subía por la piel desde que había cerrado la puerta del despacho de Liria. Cada paso que daba hacia el coche era una bofetada contra su propio autocontrol. No pensó, no se detuvo, no quiso analizarlo. Solo condujo hasta casa de Rodrigo.

Apenas abrió la puerta, lo encontró sentado en el sofá, con el mando de la tele en la mano y una cerveza a medio beber. No le dio tiempo a preguntar nada, ella ya se estaba quitando la chaqueta, tirándola al suelo sin cuidado. Caminó hacia él con una mirada que no era la suya habitual.

—¿Qué pasa? —preguntó, sorprendido por su respiración agitada.

Aline no respondió. Se dejó caer sobre él, besándolo con fuerza, mordiéndole el labio hasta sentir el sabor metálico en la boca. Sus manos se aferraron a su camiseta, tirando de ella hacia arriba como si le estorbara. Rodrigo, entre excitado y desconcertado, intentó seguir su ritmo, pero ella marcaba la velocidad, como si quisiera castigar algo invisible.

Le tiró del pelo con una mano mientras con la otra lo empujaba contra el respaldo, buscando su boca, su cuello, cualquier rincón donde pudiese hundir los dientes. El beso se rompió solo para que ella pudiera respirar hondo y arrancarse la blusa sin delicadeza.

Rodrigo intentó acariciarla, pero Aline no quería caricias: lo quería rápido, lo quería intenso, lo quería para ahogar ese deseo que le quemaba por dentro. Subió sobre él, marcando el compás con un movimiento brusco de caderas, cerrando los ojos con fuerza..., pero en la oscuridad de su mente no estaba él.

Estaba ella.

La piel suave, la respiración cerca, el sabor dulce y salado de su boca.

Apretó más los muslos contra Rodrigo, como si con eso pudiera expulsar a Liria de su cabeza. Un jadeo se le escapó, pero no era para él. Y cuando el clímax le arrancó un suspiro quebrado, la sensación fue agria: había ganado la batalla física, pero la guerra seguía perdida.

Se dejó caer a su lado, de espaldas, mirando al techo. Rodrigo le pasó una mano por el vientre, pero Aline ya estaba lejos, de vuelta en ese despacho, con el aroma de Liria aún tatuado en su memoria.

11

DÍPTICO: TRES SEMANAS SIN ELLA

Había pasado casi un mes desde que Liria se instaló sin permiso en su memoria. Un mes entero en el que, desde aquella noche, Aline había encontrado mil excusas para no acostarse con Rodrigo. Se sentía culpable. Lo quería mucho. Era un gran hombre, pero Liria seguía latiendo, despacio, como un eco que se negaba a apagarse.

Era un recuerdo cada vez más lejano, sí... Pero todavía notaba ese calor en el vientre cada vez que se le cruzaba por la mente.

Ahora que Liria estaba de viaje con el equipo encargado de la impresión digital, supervisando la recogida de la nueva máquina que, según su jefa, ahorraría muchas horas de trabajo en temporadas críticas como el Black Friday o la Navidad. Tecnología punta. Eficiencia absoluta.

Llevaba tres semanas fuera de la oficina. A veces, pensaba que todo lo había organizado deprisa y corriendo para huir de ella, pero con el paso de los días dejó de creer que alguien como Liria hiciera mucho eco de su ausencia. Al fin y al cabo, ya lo había anticipado aquella noche: un trofeo de oficina, nada más.

Solo había escuchado su voz de fondo en una de las videollamadas, cuando hablaba emocionada de las máquinas HP Indigo, de lo increíble que era su trabajo, del olor a tinta fresca y del sonido hipnótico de la cinta corriendo. Con Coral su tono era risueño, casi cómplice. No era la voz de una jefa dirigiéndose a una empleada, sino la de una amiga celebrando un juguete nuevo.

Con ella no había sido así. Con Aline había sido seca, distante. Salvo... salvo aquella noche en la que recorrió su piel con tanta delicadeza que era imposible no preguntarse si eran la misma persona. La que la había invadido con un ansia feroz y la que, desde entonces, se limitaba a felicitarla por su trabajo sin buscarla jamás. Ni un correo, ni una llamada, ni siquiera una excusa barata para comentar un anuncio sencillo y barato.

Y no entendía por qué sentía esa rabia contenida, como si de pronto no soportara la idea de que Liria no la mirase como aquel día... o como en su despacho, aquellas mañanas. Ahora parecía haber perdido todo interés.

I. Aline

El ruido de la oficina era el mismo de siempre: teclados, impresoras, las voces suaves de sus compañeras en charlas breves. Y, sin embargo, todo sonaba distinto. Como si el aire hubiera perdido densidad. Como si faltara algo que mantenía todo en movimiento.

Faltaba ella.

La primera mañana, Aline se sorprendió mirando hacia la puerta de cristal, esperando escuchar el rugido del motor, el casco golpeando contra la mesa de recepción. No ocurrió. Tampoco al día siguiente. Ni al siguiente. Tres semanas ya. Y, cada día, al cruzar la entrada, sentía que el corazón le daba un vuelco al comprobar que no estaba la moto aparcada, brillante y segura, como una extensión de su dueña.

Se dijo que era absurdo, que no podía medir sus días en función de la presencia de Liria. Pero lo hacía. Cada jornada se dividía entre lo que ocurría con ella dentro de la oficina y lo que ocurría sin ella. Y esas tres semanas eran un mar de «¿y si...?».

Se volcó en el trabajo como si en ello le fuera la vida. Bocetos pulidos hasta la obsesión, colores retocados una y otra vez, proyectos minúsculos tratados como si fueran la gran campaña del año. Nadie se lo pedía. Ni siquiera Coral, que intentaba quitarle peso con un par de bromas.

—Relájate, Aline —le decía, sonriendo.

Aline respondía con otra sonrisa breve y volvía a sus trazos. Tenía la muñeca dolorida de tanto insistir. Porque si dejaba de dibujar, de inmediato aparecía ella en su mente: su mirada fija, el roce de su voz al oído, el recuerdo tibio de unos labios que no sabía cómo habían llegado a dejarle una huella tan honda.

Con Rodrigo, la culpa crecía a medida que los días pasaban, extrañando una vida que no era suya. Intentaba que todo pareciera normal. Cenas rápidas, alguna película, un par de besos que se quedaban cortos. Pero a la hora de dormir, cuando él buscaba su piel, Aline se encogía en excusas. Cada vez pasaba más noches a solas que en casa de él.

—Estoy cansada... —murmuraba, apagando la luz antes de que él pudiera insistir.

Las noches eran un campo de batalla. Encendía la lámpara pequeña, sacaba su cuaderno y dibujaba como si así pudiera vaciarse. No dibujaba a Liria directamente, se lo prohibía. Pero las líneas terminaban pareciéndose igual: unas manos firmes, una melena oscura cayendo sobre un hombro, un mechón rebelde tapando la mitad de un rostro.

Cuando por fin dejaba el lápiz, la culpa le pesaba más que el cansancio. Se tumbaba boca arriba, cerraba los ojos y, sin poder evitarlo, su propia mano buscaba la piel entre sus muslos. La humedad le confirmaba lo que no quería admitir. Se negaba a dejarse llevar por un recuerdo, aunque le explotaba el pecho.

El insomnio la volvió más irritable. María notó que saltaba por cualquier cosa. Inma le preguntó un par de veces si estaba enferma. Coral, más directa, se lo soltó una tarde:

—Tú y yo sabemos que esto no va solo de trabajo.

Aline no respondió. Fingió buscar algo en la pantalla y apretó los labios. Llevaba unos días con el estómago revuelto y unos antojos extraños. Liria era un recuerdo que pesaba más de lo que podía soportar.

No era el exceso de horas ni los proyectos acumulados. Era el silencio. El silencio de Liria. Sus mensajes llegaban fríos, impersonales: «Buen trabajo con el diseño», «Revisad el archivo antes del viernes». Ni una llamada directa, ni una excusa barata para preguntar cómo iba. Nada. Y cada palabra neutral le dolía más que una ausencia total.

Se puso delante de la máquina expendedora y sacó la misma bolsa de golosinas que Liria había lanzado al mostrador antes de llevarla a comer. La apretó fuerte entre sus dedos, deseando que apareciera de golpe para arrebatársela, para abrazarla por la espalda mientras cruzaban la ciudad a toda velocidad. ¿Cómo podía sentirse así solo por una noche?

Quería revivirla, la noche... Esperando a que todos se marcharan, paseó por los pasillos oscuros, silenciosos, con ese eco extraño de los lugares vacíos. Caminó hasta la puerta del despacho de Liria y la abrió despacio, como si aún pudiera encontrarla allí, recostada contra la mesa, mirándola con esos ojos verdes llenos de fuego que ahora no sabía cómo apagar.

El olor de café viejo aún flotaba en el aire. Sobre el escritorio quedaban unos papeles que nadie había ordenado. Se sentó en la silla giratoria y cerró los ojos.

Por un instante, imaginó que la puerta se abría detrás de ella. Que Liria entraba, con esa forma de ocupar el espacio que hacía imposible ignorarla. Que caminaba hasta apoyarse en la mesa y la miraba como aquella noche.

Se abrazó a sí misma para tratar de entender, pero en su mente aparecía la imagen de Liria, apoyada al quicio de la puerta, deseando que los pasos restantes la llevaran hasta el colchón.

II. Liria

El hotel era impersonal. Una moqueta demasiado mullida, paredes color crema, cuadros de paisajes genéricos. Nada memorable. Y, sin embargo, Liria estaba convencida de que, si algún día volvía allí, lo único que recordaría serían los labios de Aline, que le quemaban en la memoria.

El primer día, después de la reunión con los técnicos que harían la instalación, se dejó caer en la cama con el traje todavía puesto. Encendió la televisión, bajó el volumen al mínimo y abrió el portátil para revisar correos: «Buen trabajo con la campaña», «Revisad la impresión antes del viernes», «No olvidéis enviar el archivo al cliente». Palabras frías, impersonales. Como debía ser.

Pero mientras las escribía, su mano temblaba sobre el teclado. Porque lo que de verdad quería escribir era: ¿Me has echado de menos tanto como yo a ti?

Cerró el ordenador de golpe. Se sirvió un vaso de vino del minibar y se obligó a pensar en otra cosa. En cualquier otra cosa.

La segunda noche, la encontró frente al espejo del baño con el vapor empañando el cristal. Llevaba media hora bajo el agua caliente, intentando borrar de su piel la sensación del cuerpo de Aline arqueándose contra el suyo. No funcionaba.

Apoyó las manos sobre la cerámica fría y se miró fijamente. El cabello empapado le caía sobre los hombros, las gotas resbalaban por su cuello, y ahí estaba de nuevo: el recuerdo exacto de esos dedos tímidos recorriéndola.

¡Basta!, se ordenó. Era su empleada. Una mujer con una vida hecha, con un hombre que seguramente la esperaba en casa. No podía poner todo patas arriba por un deseo que, tarde o temprano, debía apagarse.

Se envolvió en la toalla, salió al dormitorio y encendió el portátil. Trabajo. Tenía que concentrarse en el trabajo. Había organizado esta pantomima de viaje solo para poner distancias, porque esa última mañana en su despacho supo que su autocontrol era un desastre ante Aline. Se conocía. Sabía que, al menos, así establecería unos límites mentales que podría respetar. Pero estando a solas, el sonido de su respiración la golpeaba para enseñarle que tal vez debería esforzarse mucho más.

Durmió poco. Soñó con ella.

A mitad de la segunda semana, la soledad empezó a pesarle. No era mujer de sentirse sola; siempre había sabido llenar los huecos con amigas, con amantes ocasionales, con el trabajo mismo.

Pero ahora la soledad tenía forma, olor y calor. Ahora la soledad tenía un nombre. Llamó a Marta, quizá buscando el estímulo y la fuerza para salir de esa añoranza que casi la paralizaba.

—¿Cuándo vuelves? Te echo de menos.

—En una semana.

—Espero que pases directamente por casa, necesito un poco de ti.

Pero Liria no podía acoger esas palabras como antes, le parecían que no eran para ella. Aun así, colgó con la promesa de verla... quizá era más bien una esperanza, querer ver a Marta en lugar de ese deseo de ver a Aline sujetando su gran carpeta con ese dulce olor a tinta que desprendía su piel.

Pidió una copa en el bar del hotel. El camarero le sonrió con esa amabilidad entrenada. Ella respondió mecánicamente y buscó una mesa apartada. Abrió el móvil y revisó el grupo de la oficina. María compartía fotos del equipo cenando, Inma había subido un vídeo de un gato. Aline había respondido con un par de emojis. ¿Y si cogía y ahora marcaba el verdadero teléfono que quería marcar? Quiso escribirle algo directo. ¿Cómo estás? ¿Duermes? No dejes de dibujar. Incluso llegó a abrir la conversación y escribir su nombre. Pero borró el mensaje antes de enviarlo.

En vez de eso, pidió otra copa. Y otra. Esta vez servida por una mujer que le regalaba una sonrisa, aunque esta no estaba ensayada. Liria sabía perfectamente que sería sencillo dejarse y darle a esa mujer de piel mixta, ojos marrones y sonrisa eterna lo que esperaba de ella. Pero en lugar de eso atrapó uno de sus mechones y lo acarició un poco desde la barra, ante la atenta mirada de esa chica de la que no quiso saber ni su nombre.

—Tienes un pelo muy bonito.

—Puedes tocarlo cuanto quieras.

—Hoy no.

Sacó la cartera y pagó, dejando una gran propina, quizás más en forma de disculpa que otra cosa.

La tercera semana la encontró derrotada. En el día, era implacable: coordinaba, cerraba acuerdos, sonreía en las formaciones con el equipo, como si nada le faltara. Por la noche, se deshacía.

Se miró en el espejo del armario y apenas se reconoció: camisa desabrochada, ojos enrojecidos, un vaso medio vacío en la mano. Y siempre la misma pregunta golpeándole las sienes: «¿Qué demonios me has hecho, Aline?».

Una noche no lo soportó más. Encendió la luz tenue del cabecero y dejó que la mano bajara lentamente por su vientre, despacio, como si temiera romperse a sí misma. Cerró los ojos y se dejó llevar por el recuerdo de su boca, de la humedad compartida, de aquel jadeo que se había quedado tatuado en su memoria.

La culpa la desgarraba al mismo tiempo que el placer la envolvía. Se vino abajo con un gemido ahogado, después quedó tendida, cerró los ojos y se convenció de que ya nunca más.

El último día, mientras guardaba la ropa en la maleta, se obligó a repetirse que volvería distinta. Más firme, más madura, capaz de mantener las distancias. No iba a volver a besarla. No iba a dejar que se convirtiera en una adicción.

Cerró la cremallera con un gesto seco y apagó las luces de la habitación.

Pero sabía que estaba perdida. Porque tres semanas después, el recuerdo seguía intacto. Y lo peor era que deseaba que jamás desapareciera.

«...aunque al menos estaba decidida. Sería quien debía ser, aunque eso la convirtiera en alguien distinto.

Pero en el fondo lo sabía: estaba perdida».

12

Al quitar las llaves de la moto y mirar hacia la puerta, cogió aire, agarró la bolsita y fijó la vista en esa puerta de cristal. Al abrirse, Coral le sonrió de manera sincera, alegrándose de verla. Se levantó, le dio un abrazo, dejó el casco en su sitio de siempre y sacó de la bolsa el detalle.

—He pensado que podría gustaros tenerlo.

Coral abrió la pequeña caja que guardaba unos llaveros de la empresa, pero muy especiales, con detalles que les daban una personalidad que solo Liria podría haber imaginado. Aunque los colores y los trazos... estuviesen inspirados en otra persona. Miró hacia la puerta al verla abrirse y se le encogió el corazón esperando que fuera ella. Inma y María la saludaron de manera cordial antes de salir a por su desayuno. Ella miró la bolsa.

—Está dentro —Coral consiguió encogerle el estómago leyendo su mente.

—¿Ha estado bien?

Su amiga sonrió y se sentó para atender el teléfono.

***

«Me llena la piel de ganas y se larga... No hay mucha diferencia entre hombres y mujeres», se repetía Aline, girando el lápiz entre los dedos desde hacía ya más de media hora.

—¿Se puede? —Liria abrió la puerta despacio, como si respetar su espacio creativo fuera algo natural en ella. La admiraba, y se le notaba.

Aline sintió que el aire se le escapaba de golpe. No sabía cuándo volvería. Tal vez, de haberlo sabido, se habría arreglado un poco más el pelo en vez de llevar ese moño improvisado. Quizá habría optado por otra ropa: no ese pantalón *sport* desgastado, la camiseta blanca y la camisa azul de rayas largas, que usaba más por comodidad que por estética. Tal vez, hasta se habría maquillado un poco... Pero ya no importaba. Liria estaba ahí, sonriendo como si todo estuviera en orden, y eso le sacudía el alma.

Aun sin comprender muy bien por qué, se levantó de la silla y la miró de frente. Liria la observó con calma, pensando que estaba incluso más preciosa de lo que recordaba antes de marcharse. Al ver sus piernas salpicadas de manchas de tinta, no pudo evitar recordar sus dedos presionando esos muslos, pero apartó ese pensamiento de inmediato. Durante el viaje había tomado la decisión de dejar las cosas en su sitio. Se consideraba más madura y capaz de mantener las distancias. Sin embargo, mirarla de nuevo hacía tambalear aquellas ideas fijas que había forjado en noches de soledad y alcohol en el hotel.

—Te he traído un pequeño detalle.

Aline sintió una punzada de emoción. Eso significaba que, aunque fuera por un instante, se había acordado de ella durante esas semanas. Liria le puso una bolsa en la mano, y ella la abrió con cierta torpeza, encontrando tres paquetes pequeños en su interior.

—Dale uno a las chicas cuando vuelvan de desayunar.

Y se marchó, dejando la habitación impregnada de frustración. Aline se quedó con las ganas de ir tras ella y pedirle explicaciones.

¿Pero qué explicaciones iba a pedir? ¿Acaso no había sido ella misma quien marcó distancia en aquel despacho?

Ahora sentía que Liria aún no había regresado del todo de su viaje…, y que la que había vuelto no era la mujer que quería ver. Ella quería a la que la miraba con fuego en los ojos.

Liria cerró la puerta con más suavidad de la necesaria, como si ese gesto bastara para borrar la sensación de haber estado demasiado cerca. Avanzó por el pasillo con paso firme, aunque en su interior la firmeza no era más que un espejismo.

No había pasado un solo día desde que se marchó en el que no pensara en ella. En esos ojos color miel que parecían mirarla siempre más allá de lo que decían sus palabras. En el calor que podía despertar con solo evocar el tacto de su piel. Había deseado volver a verla… Ahora que la tenía tan cerca, lo único que podía hacer era alejarse.

Porque Liria lo sabía. Sabía que Aline tenía un mundo construido, una vida que no quería —no debía— poner patas arriba solo por un deseo que no conseguía apagar. Y también sabía que había algo más. Lo descubrió en el instante en que la vio con ese *short* tan sugerente, delineando cada curva, y esa camiseta que insinuaba más de lo que mostraba. Era algo más profundo, un hilo invisible que la ataba a ella de un modo que no terminaba de entender y que no se atrevía a analizar por miedo a lo que pudiera encontrar.

Se apoyó en el marco de su despacho, sintiéndose a salvo y, al mismo tiempo, en plena ebullición. No quería ser egoísta. No quería arrebatarle a Aline la estabilidad que probablemente tenía, no quería cargarla con una culpa que no había buscado. Y, aun así… había estado a un paso de cruzar esa línea otra vez. Bastaba con que Aline se acercara por error, que sus miradas quedaran encadenadas unos segundos de más, que ese labio inferior quedara atrapado entre sus dientes… Sabía que, si en ese instante pudiera desnudarla, no sería tan cuidadosa ni tan paciente como aquella única vez que ahora le sabía a tan poco.

El recuerdo aún estaba ahí, en la punta de su lengua, aunque intentara borrarlo. Aunque estuviera dispuesta a ahogar esas ganas volviendo a sus viejas costumbres. El eco de aquel beso seguía palpitando.

Suspiró y cerró los ojos un instante.

Tenía que aprender a contenerse y a mantener su mente en silencio, aunque la idea de no volver a probar su boca le resultara insoportable. Y si Aline se acercara, ella no sabría cómo frenarse.

Aline no había avanzado mucho con el lápiz desde que Liria salió. La mina había dejado un par de trazos perdidos en la hoja, nada reconocible, solo garabatos que no llevaban a ninguna parte. Sentía la tensión en los dedos, la misma que recorría sus piernas, como si su cuerpo hubiera quedado atrapado en un estado de alerta.

Había sido solo un instante. La puerta abriéndose. Esa sonrisa contenida. El roce de su voz al pronunciar el detalle que había traído, nada más. Pero Aline lo sintió como una grieta que le partía el pecho en dos.

Se inclinó sobre la mesa y escondió el rostro entre sus brazos. No quería que nadie la viera así. No quería que Coral —que parecía leerle la mente— apareciera para confirmar lo que ella se negaba a admitir. Que estaba tan pendiente de su jefa que hasta la ausencia de un gesto la dejaba sin aliento.

13

Aline llegó a casa con una electricidad rara bajo la piel. Desde el instante en que Liria había cruzado la puerta de su oficina esa mañana, no había podido dejar de sentirla ardiendo en cada músculo. Esa sonrisa, esos ojos, el roce mínimo al entregarle la bolsa... Todo se había quedado pegado a su cuerpo como una fiebre que no quería irse.

Cerró la puerta de golpe y se dirigió directamente al dormitorio. Rodrigo estaba estirado sobre la cama, mirando el móvil con el torso desnudo. Levantó la vista, sorprendido por la brusquedad con la que ella entró.

—¿Qué pasa?

No contestó. Solo se quitó la camisa de rayas, dejándola caer al suelo. Caminó hasta él y, sin una palabra, se arrodilló al borde de la cama, llevándose las manos a su cinturón. Rodrigo arqueó una ceja, encantado con la iniciativa.

—Vaya... así sí me gusta que me recibas.

Ella no lo escuchó. Sus manos actuaban solas: desabrochando, bajando, buscando ese contacto que él sí podía darle y que Liria jamás podría. Se inclinó y lo tomó con decisión en su boca, moviéndose con una urgencia que parecía más un castigo que un placer.

Rodrigo gimió, en parte por la sorpresa, en parte por el ardor que sentía en cada movimiento.

Aline no quería tranquilidad. Cerró los ojos y aumentó el ritmo, intentando llenar un vacío que no se llenaba. No había ternura, no había juego; solo la necesidad de encontrar en él algo que borrara la imagen de Liria sujetándola, besándola, cuidando cada segundo.

El contraste la golpeó como un cubo de agua helada. Rodrigo era firme, áspero, caliente... pero no era ella. No era la piel suave que aún recordaba. No era esa lengua que parecía saber exactamente dónde y cómo despertarla. No era la sensación de estar en manos de alguien que no solo quería su cuerpo, sino todo lo que venía con él.

Lo sintió llegar y se apartó de golpe, jadeando, con una frustración que no supo disimular. Rodrigo la miró, confundido por esa versión de ella que hacía meses no tenía delante, pero, ignorando la realidad, estaba encantado.

Él intentó meter su mano en su pantalón, ni siquiera se había molestado en desvestirse.

—Estoy cansada —mintió.

Se levantó para ir a la ducha. Por una parte, quería quitarse el día de encima y, por la otra, borrar esa sensación de vacío que le había quedado. Pero una vez más se tumbó a su lado y dejó que Rodrigo la acogiera en sus brazos antes de irse a dormir.

14

Aline bailaba con sus amigas, dejándose llevar por una música vibrante que la hacía desmelenarse y moverse sin pensar. Reían, gritaban, se dejaban arrastrar por la euforia del momento. Hacía mucho que no se divertía así. De vez en cuando, algún hombre se acercaba a intentar flirtear, pero ella, con una sonrisa educada y sin perder el ritmo, soltaba su baza infalible: «Tengo novio». Aunque, si era sincera, bien podría haberse acordado de esa carta unos meses atrás.

Por fin sentía que volvía a tener algo parecido a una vida normal. La tensión con Liria se había reducido: los saludos eran breves y las conversaciones estrictamente técnicas. «Haz esto», «Tenemos esto». Sencillo. Directo. Sin espacio para pensar demasiado. Y esa noche, con aquel vestido provocador, Aline quería ser vista y deseada. Lo necesitaba. Sobre todo, porque, últimamente, Liria parecía no verla al cruzarse con ella en los pasillos. Fría. Distante. Como si nunca hubiera sido la mujer que, como un felino hambriento, irrumpió en su vida para desarmar todo su mundo.

Susana, su amiga, le estaba hablando, pero Aline no la escuchaba, perdida en el pulso de la música y el calor del alcohol recorriéndole las venas. Ante la insistencia, se inclinó hacia su oído y apenas logró descifrar una palabra:

—Jefa.

El corazón le dio un vuelco. Siguiendo la discreta indicación de su amiga, buscó con la mirada… y la vio.

Liria estaba arrebatadora. Un pantalón plateado, ceñido hasta el extremo, que le quedaba de escándalo. Un top que dejaba su torso al descubierto. Tacones. El cabello peinado hacia atrás con un brillo húmedo, como si acabara de salir de la ducha. Era hermosa, y lo sabía.

Pero lo que le encendió la sangre no fue su ropa ni su porte, sino la escena frente a ella: una mujer, muy cerca, casi rozando sus labios. Liria, con la mano en su cintura, inclinándose para decirle algo que, a la distancia, Aline interpretó como una declaración abierta de disponibilidad. La desconocida se pegó un poco más a ella. No eran solo unas amigas charlando. Marta estaba en su vida de manera intermitente, sin posibilidades de quedarse del todo, aunque tampoco de ser reemplazada. Eso había cambiado de golpe con una mujer de pelo rizado y ojos color miel que se había instalado en su cabeza. Pero esa noche trataba de centrar su atención en su pelo corto, en esa cara proporcionada y en la mirada felina que nunca había fingido. No volvería siempre a sus brazos. Tal vez, Marta esperaba algo más de ella, aunque tampoco lo decía.

Aline sintió un latido rabioso en el pecho, una presión caliente que subía hasta la garganta. La odiaba por estar tan cerca de Liria… por robarle esas sonrisas, ese brillo radiante en los ojos, esa postura imposible que mezclaba lo femenino y lo masculino en una explosión insoportable de deseo.

Apretó el vaso entre los dedos, sintiendo cómo el frío del cristal no lograba apagarle el calor que le subía por el pecho. Seguía mirándola. Seguía viéndola reír, con la mano en la cintura de esa mujer, con esa seguridad arrogante que parecía gritar «puedo tener a quien quiera».

Un escalofrío le recorrió la espalda. No iba a quedarse ahí como una espectadora más. No esta vez.

Se giró hacia Susana y le pidió que le sujetara la copa. Se recolocó el vestido, bajó un poco el tirante para dejar un hombro al descubierto, y se metió entre la gente hasta quedar lo suficientemente cerca como para que Liria la viera.

No fue casualidad que un hombre alto, atractivo y visiblemente interesado, la interceptara. Aline sonrió con descaro, dejándose invadir el espacio, inclinándose para que él le susurrara algo al oído. No escuchó ni una palabra; no le importaba. Solo quería que la imagen llegara a donde tenía que llegar.

Con un gesto lento, casi cinematográfico, apoyó una mano en el pecho del hombre mientras reía. Y, en ese instante, lo vio: los ojos verdes de Liria, clavados en ella desde el otro lado de la pista. No eran ojos de indiferencia. No eran profesionales. Ardían.

Aline sostuvo la mirada, sin apartarse del desconocido, dejándole rozar su cintura como si no hubiera nada que esconder. Fue un reto mudo, un «mírame» disfrazado de juego. Y cuando la música cambió a un ritmo más lento, se permitió girar sobre sí misma, pegando la espalda al cuerpo del hombre, dejando que sus manos la recorrieran lo justo para que Liria lo viera todo.

No estaba segura de si era el alcohol o la rabia lo que le hacía latir tan fuerte el corazón, pero, en ese momento, solo quería eso, que Liria sintiera lo que era verla en manos ajenas.

Y por la forma en que Liria apartó la vista, como si le costara hacerlo, supo que había conseguido lo que quería.

Liria intentó centrarse de nuevo en la conversación con Marta, pero las palabras se le volvieron ruido blanco. Sus ojos, traicioneros, regresaban una y otra vez hacia Aline, que seguía bailando con ese tipo como si quisiera tatuar en su piel cada roce.

La mandíbula se le tensó. No eran celos, se dijo. No. Era solo… una reacción normal. Una jefa viendo cómo una empleada suya se dejaba tocar por cualquiera en un lugar público. Un pensamiento profesional. Eso era.

Mentira.

El ritmo de la música vibraba en el suelo y en sus sienes. Sin darse cuenta, ya estaba caminando hacia la pista. Se deslizó entre los cuerpos que se movían al compás, manteniendo la mirada fija en su objetivo. El desconocido se giró para verla llegar y, por instinto, retiró un poco las manos de Aline.

—¿Te importa? —preguntó Liria con esa voz suave que no admitía un «sí» por respuesta.

Aline arqueó una ceja, sin moverse.

—Hola, jefa. —Nunca la había llamado así, pero quiso dejar claro que entendía esa distancia que había implantado desde su regreso de aquel viaje.

El desconocido miró a una y a otra, incómodo. Liria sonrió, ladeando la cabeza, y se acercó lo suficiente como para que solo Aline la escuchara.

—No con él.

Ahí estaban esos ojos llenos de fuego, quemando cada espacio que había entre las dos. Sin esperar permiso, Liria colocó su mano en la parte baja de su espalda y la atrajo hacia ella. Ese gesto era nuevo para Aline, y fue devastador en sus sentidos. El hombre, viendo la tensión palpable, dio un paso atrás y desapareció entre la multitud.

Aline la miró, con el corazón desbocado.

—¿Qué estás haciendo?

—Quiero que me veas —dijo Liria, invirtiendo el juego—. Como tú querías que te viera a ti.

Y la estrechó más contra sí, segura y decidida, sin quitar sus ojos de los suyos.

El aire entre ambas se volvió espeso, cargado. La música, las luces, el resto del mundo... todo se desdibujó. Solo existían ellas, esa mano que las mantenía cerca y el recuerdo ardiente de lo que pasó una sola vez, pero que aún le quemaba la piel a cada segundo.

Aline tragó saliva, sintiendo que su corazón le golpeaba contra las costillas. La mano de Liria seguía firme en su espalda, demasiado firme, demasiado cerca, y, por si había dudas, le agarró el trasero para dejarla tan cerca que su aliento se cortó de golpe. Marta las observaba, no reconocía a esa Liria. Con ella los contactos eran privados, reservados solo para la intimidad, una intimidad que hacía mucho que no gozaba y extrañaba. Ahora, al verlas respirándose la una a la otra, no pudo evitar sentir un estruendo en su estómago que apaciguó desviando la mirada.

—Deja de mirarme así —susurró Aline, aunque en su voz no había firmeza, sino un temblor disfrazado de reproche. Ahora que ese fuego estaba ahí, sentía que quemaba demasiado para sostenerlo.

Liria ladeó la cabeza, acercándose lo justo para que su aliento rozara la comisura de sus labios. Notó cómo los de Aline se abrían sutilmente, esperándola.

—No puedo...

Notaron las cosquillas del vuelo de mariposa entre sus bocas.

La música seguía rugiendo alrededor, pero la cercanía hacía que todo pareciera lento, como si el tiempo se hubiera vuelto denso. Aline, impulsada por ese calor que la atrapaba, no apartó la vista... Eso fue todo lo que Liria necesitó para ganar.

—Estás preciosa —le dijo al oído, con una calma que contradecía el latido rápido de sus propias venas.

Aline abrió la boca para responder, pero Liria ya había dado un paso atrás, retirando su mano del trasero. No dijo nada más. Simplemente se giró y volvió hacia la barra, donde la esperaban. Sintiendo algo parecido a una victoria, Liria agarró la mano de Marta, quizá tratando de verdad de darle su lugar, aunque ahora todo resultaba mucho menos interesante. Forzó una sonrisa para invitar a Marta a marcharse del lugar. Lo hizo porque, de quedarse, tendría que faltar a su promesa de no levantar más losas en el mundo de Aline.

Aline sintió una oleada de rabia y deseo mezclados. La había dejado ahí, en mitad de la pista, con el calor subiéndole por la garganta y el recuerdo de sus palabras latiéndole como una herida abierta. Y, por más que había querido que la viera, se había marchado con otra persona que no era ella.

15

Aline soltó su carpeta sobre la mesa; sus compañeras la miraron sorprendidas. Normalmente, sus llegadas al trabajo eran silenciosas y discretas, pero podían sentir que ese día el humor le hervía bajo la piel. Tras abrir el ordenador y desplegar la bandeja de entrada, vio varios correos de su jefa con nuevos encargos.

Aceptó el primero que pilló: cepillos de dientes.

—¿Quién coño necesita invertir en esto? —murmuró entre dientes, pero no porque le importara demasiado el producto, sino porque estaba tan enfadada que cualquier cosa era motivo para refunfuñar.

Se levantó de golpe, casi galopando de un lado a otro del despacho, con una energía nerviosa que contagiaba tensión. Inma la seguía con la mirada, tratando de descifrar qué le pasaba. Siempre había pensado que Aline era mucho más que esa fachada llamativa: el pelo rizado, voluminoso y brillante, los labios carnosos, los tatuajes que parecían contar historias que nadie más conocía. Veía en ella una eterna búsqueda, seguramente a través de esos dibujos intensos que lograban impresionar incluso a quien no entendía de arte.

Pero ese día había algo distinto.

Era como si su rabia viniera de un lugar mucho más personal.

Como si alguien hubiera pulsado un botón que llevaba tiempo evitando.

Aline agarró un lápiz, se inclinó sobre el papel y empezó a trazar líneas rápidas, casi violentas, como si con cada trazo quisiera borrar de su cabeza la imagen de Liria en la pista de baile con otra mujer. El ruido de la mina arañando el papel era casi tan intenso como el de sus pensamientos. Aunque el dibujo empezaba a tomar forma, sabía que lo que realmente estaba construyendo era un muro: uno que la separara de ese deseo que no podía controlar.

Rebuscó en su monedero un par de monedas para meter en la máquina. Estaba a punto de introducirlas cuando la voz de Liria, grave y cargada de ironía, le hizo dar un respingo. Las monedas chocaron contra el borde y rodaron por el suelo.

—¿Otra vez maltratando tus neuronas? —preguntó Liria, acercándose con ese andar que parecía no tener prisa, pero que siempre llegaba demasiado cerca.

—¿Otra vez metiéndote donde no te llaman? —replicó Aline, sin levantar la vista—. Te recuerdo que te he visto usar «esta cosa» —marcó las comillas con los dedos— como tú la llamas.

—Ah, ¿sí? —Arqueó una ceja—. Recuerdo más lo que pasó justo después.

Aline no esperaba sentir ese golpe directo en la memoria. Bastó esa frase para que su mente la arrastrara, sin resistencia, a aquel momento exacto en el que Liria la besó. Y sonrió, porque entendió que ese era justo el recuerdo que ella quería provocarle.

Liria se despidió con un simple gesto, levantando la mano antes de atrapar el casco de la moto. Salió por la puerta con una sonrisa de oreja a oreja y el casco en el codo. Aline la vio alejarse... Sintió un ardor recorriéndole el cuerpo.

Apoyó las dos manos en la barra de recepción, como para darse impulso, y buscó con la mirada. El casco de repuesto estaba allí. Aprovechó la ausencia de Coral, que había salido a comer, y lo tomó. Caminó deprisa hasta la calle.

Cuando Liria ya estaba montada y a punto de arrancar, sintió los brazos de Aline rodeándole la cintura. No dijo nada; solo la miró de reojo con una chispa de sorpresa que enseguida se convirtió en una sonrisa cómplice. Apretó el puño. La moto rugió, dejando tras de sí un estruendo de humo y velocidad.

Aline se preguntó, mientras la ciudad pasaba demasiado rápido ante sus ojos, si no había cometido un error. Le aterraba ir de copiloto, pero la sensación de seguridad que le daba abrazarla era demasiado adictiva. Podía sentir su corazón acelerado a través de la chaqueta motera. Apoyó la cabeza contra su espalda para aferrarse un poco más.

Cuando por fin se detuvieron, Aline se dio cuenta de que ni siquiera sabía dónde estaban. Liria la ayudó a bajar con cuidado.

—¿A dónde vamos? —preguntó, con la respiración algo agitada.

—¿Ahora te interesa el destino? —Liria le dedicó una sonrisa especial, tentadora, con hambre y sed al mismo tiempo.

Abrió el portal de una gran casa. Mientras metía la moto y cerraba, Aline comprendió que la había llevado a su hogar. Su estómago se encogió. Un escalofrío la recorrió..., pero no fue de miedo. Esperaba, en el fondo, que esa distancia entre ellas se rompiera de una vez.

Liria abrió su gran nevera. El espacio que se desplegaba frente a Aline era un enorme salón comedor con cocina americana: amplio, minimalista... y frío. Apenas había fotos, recuerdos o detalles personales, ni en las paredes ni en las estanterías. Era un lugar bonito, sí, pero tan hermético como su dueña.

—No es ginebra rosa —dijo Liria, tendiéndole una cerveza muy fría y abriendo otra para ella. Aline agradeció el gesto, tanto como el hecho de que hasta ese detalle hubiera recordado de la noche anterior.

Mientras tomaba la botella, sus ojos se posaron en el gran sofá de cuero que ocupaba casi toda la sala. Dudó si sentarse o permanecer de pie, como si cualquier movimiento pudiera significar un paso demasiado grande hacia algo inevitable.

—¿Me vas a explicar qué haces aquí? —preguntó Liria, llevándose el botellín a los labios para dar un largo trago.

—Tú me has traído —esquivó Aline.

—Este era mi destino inicial... mucho antes de recoger a un polizón.

Aline sintió, de repente, que no había suficiente aire en aquel salón. La luz tenue que entraba por las ventanas parecía nublarlo todo, como si estuviera atrapada en una burbuja espesa. Liria lo notó. Veía la lucha interna reflejada en sus gestos: la indecisión entre salir de allí o quedarse y respirar hondo.

Al final, Aline bebió un trago largo de cerveza, buscando serenarse.

—Aline... —la voz de Liria sonó más baja, más grave.

Dejó su botella sobre la mesa de cristal, cerrando un poco la distancia entre ambas. Aline se tensó y dio otro trago, pero antes de bajarla del todo, Liria le arrebató la botella suavemente y la dejó junto a la suya. El leve choque de cristal contra cristal sonó como un eco en su interior.

Sin nada entre las manos, Aline sintió que se quedaba expuesta. Los ojos verdes de Liria la atraparon y la hicieron olvidar, por un segundo, todo lo demás. Liria dio un paso más, lento, medido.

Aline respiró hondo... demasiado rápido, demasiado torpe.

—¿Has venido porque quieres esto? —preguntó Liria, quedándose tan cerca que podía sentir su aliento: dulce, cálido, abrasador.

—No sé por qué estoy aquí.

—Lo sé —susurró—. Puedes irte ahora mismo, no me importa.

—Mientes.

Aline le sujetó la barbilla con firmeza y la besó, sin darle espacio para huir. Liria no se apartó. La sorpresa inicial se deshizo en apenas un segundo, cuando ambas notaron que sus respiraciones ya estaban agitadas antes incluso de que sus labios se encontraran. El beso fue como destapar una tormenta que habían intentado contener durante demasiado tiempo..., y que ya no quería volver a encerrarse.

Le costó unos segundos asimilar que había buscado su boca con tanta fuerza, sin apenas demora. Se sostuvieron la mirada, ardiente, que decía más que sus labios, todavía en silencio, sostenidos por esa tensión que había quedado cuando Aline la soltó, confusa, al ver que no hacía nada. Liria respiró hondo y supo que, una vez se dejara llevar de nuevo por el deseo de probar el sabor de Aline, jamás podría arrancar esa fragancia de sus sentidos. Lo pensó unos segundos más, mientras Aline se tensaba cada vez más, incapaz de descifrar sus pensamientos, jadeando, deseosa de que irrumpiera con su lengua. Pero Liria no hacía nada. Su mirada parecía perderse... hasta que Aline entendió que debía traerla de vuelta.

Volvió a sujetarle la barbilla, esta vez con mucha más firmeza, y le desgarró el alma con un beso voraz, tan cargado de calor que se transformó en un gemido. Liria la miró, ardiente, decidida; Aline lo leyó en sus ojos y eso la excitó aún más. Sintió cómo las fuerzas le abandonaban al imaginar lo que esas manos y esa boca podían hacerle, y cómo la llenarían de su aroma de una manera en la que nadie jamás lo había hecho.

Liria la sostuvo contra sí unos segundos más, como si quisiera asegurarse de que Aline no se apartaría. Pero la forma en que ella se pegaba, la presión de sus manos, la urgencia en sus labios... despejaron cualquier duda.

La condujo hacia atrás, guiándola con pasos lentos, pero firmes, por el pasillo. Aline apenas reparaba en el camino; estaba demasiado ocupada sintiendo cómo cada roce y cada inhalación aumentaban el calor que la consumía.

Entraron en la habitación, amplia y pulcra, dominada por una cama grande con sábanas oscuras. Liria la hizo retroceder hasta que la parte trasera de sus piernas tocó el colchón, y ahí se detuvo para mirarla. El verde de sus ojos tenía algo peligroso, como una tormenta a punto de desatarse.

—No quiero que mañana me odies por esto —dijo, aunque sus manos ya buscaban la cintura de Aline, jugando con el borde de su camisa.

—Mañana ya veremos... —susurró ella, tirando de su cuello para volver a besarla.

Liria cedió al instante. La empujó suavemente hacia la cama, siguiendo el movimiento para quedar sobre ella. El peso de su cuerpo, el calor de sus piernas entrelazándose, el roce intencionado... todo hacía que Aline sintiera que la realidad se volvía borrosa.

Sus labios viajaron por su cuello, dejando una estela de calor que le arrancó un suspiro involuntario. Aline apenas entreabrió los ojos para verla, y, por un momento, creyó que podría derretirse con solo sostenerle la mirada.

Liria sonrió de lado, como si entendiera perfectamente lo que provocaba, y bajó un poco más, rozando con sus labios la línea de su clavícula.

—No sabes lo que me haces... —murmuró contra su piel antes de volver a atraparla en un beso más profundo, como si quisiera grabar su sabor en la memoria.

Se despojó de su camisa con ansia y liberó el broche del sujetador con los dedos de una mano, mientras la otra mantenía su barbilla firme para seguir jugando con su lengua. Aline jadeaba, arqueando el cuerpo, implorando sin palabras que no tardara más en llegar al ardor que se derretía dentro de ella.

Liria bajó despacio por sus pechos, saboreando cada uno de sus pezones, tan duros como las ganas que tenía de lamerla entera. Sujetó sus senos mientras descendía, hasta que sus labios atraparon con un suave mordisco el broche del pantalón. Aline se estremeció y dejó escapar un gemido largo, deseoso. Liria tiró de la tela arrastrando todo a la vez y, sin esperar más, hundió su boca en su intimidad, tan húmeda y caliente que con el primer roce de su lengua en el centro la obligó a aferrarse con fuerza a las sábanas.

La sujetó de las caderas con firmeza, degustando cada rincón secreto que pudiera enloquecerla. Aline gemía en oleadas largas, casi agónicas, siguiendo el ritmo experto con el que Liria la recorría. Entonces, con la misma calma que precede a un relámpago, Liria se incorporó sobre sus rodillas, mirándola fijamente mientras se quitaba la camiseta y el sujetador, y luego el resto de su ropa. Quedó completamente desnuda, poderosa y hermosa ante los ojos de Aline, que la contemplaba fascinada y con un deseo tan grande que no esperó a pensarlo. La acarició desde el cuello hasta el vientre. Sus dedos iban trazando un camino por su pelvis, anunciando el peligro que suponían para su estabilidad.

Nunca había estado con una mujer, pero sabía cómo tocarse a sí misma; entendía esa fragilidad contradictoria que mezcla la necesidad de ser cuidada, con el anhelo de ser poseída y con la fuerza de una tormenta. Así que la tocó. Y, al ver que Liria se estremecía, supo que no iba por mal camino. Sus dedos dibujaron pequeños círculos, robándole el aliento, sintiendo que bajo ellos estaba el ser humano más hermoso que había tenido el privilegio de explorar.

Ahí, con los ojos cerrados y gimiendo de placer, Liria ya no parecía ni seca ni seria ni distante. Cuando por fin abrió los ojos, los tenía encendidos de fuego. Fue entonces cuando Aline introdujo los dedos, obligándola a aferrarse a su cuello. Lo hizo despacio no por miedo, sino para saborear cada reacción. El calor que la envolvía le decía que estaba más que lista para recibirla. Insistió un poco más, buscando llegar más profundo, y Liria se lanzó a su boca con tal fuerza que ambas cayeron hacia atrás, quedando ella encima.

No la detuvo. Entre beso y beso, los dedos de Aline se movían al ritmo que marcaban los gemidos cada vez más rápidos y desesperados. Podía sentirla cerca, muy cerca. Liria atrapó su oreja con la lengua en un gesto cargado de hambre. Ella también estaba excitada, sorprendida de descubrir que estaba a punto de llegar sin que Liria hubiera siquiera tocado su intimidad, solo escuchándola, solo viéndola. Y cuando el clímax la atrapó, sus dedos quedaron prisioneros entre las contracciones, mientras el temblor de su cuerpo la obligaba a dejarse caer a su lado.

Pero Liria no había terminado. Sabía que, después de dejarla cumplir la fantasía que la había perseguido durante tanto tiempo, era su turno. Y no sería una deuda que dejaría pendiente.

—Ahora... me toca a mí —susurró en su oído, dándole un ligero mordisco que, para Aline, fue tan castigo como promesa.

Quería sentir su cuerpo, el calor de su piel, su lengua y su boca recorriéndola entera, bebiendo de ella como si en ese momento nada más existiera. Se besaron, descubriendo nuevos matices en cada roce, tan compatibles como aquella primera vez que las había trastocado para siempre.

Paseó la lengua por la tinta de cada tatuaje. Cada uno parecía cobrar vida bajo el calor húmedo que los bañaba. Sin previo aviso, Aline la atrajo con firmeza desde la cintura, queriendo continuar justo donde lo habían dejado. Liria respondió con besos suaves, casi agónicos, alrededor de su clítoris. Podía sentir el latido suplicante que pedía clemencia.

Pero ella no estaba dispuesta a concederla. Disfrutaba del contoneo de sus caderas, de cómo buscaban instintivamente saciarse de su contacto. Llamaban a su lengua, a sus dedos, a su piel. Liria rozó muy despacio, casi como si del vuelo de una mariposa se tratara, pero aun así hizo que Aline diese un gemido ahogado. Le sujetó el pelo, implorando compasión.

Ese gesto la excitó aún más. Sentir cómo se aferraba para no caer en el abismo que ella misma le estaba abriendo la llenaba de un poder dulce y adictivo. Y cuando ya no pudo contenerse, dejó que la desesperación se apoderara de su lengua, explorándola con hambre. Cada gemido que arrancaba de Aline era un combustible que la impulsaba a saborearla con más fuerza, a no dejar ningún rincón sin reclamar.

Sabía tan bien que podría quedarse ahí toda la vida si fuera necesario. Bajó aún más, deslizando su lengua con la intención de hundirla en su interior, buscando ese lugar donde el placer se volvía insoportable. Lo encontró, lo supo al sentir cómo Aline hundía las caderas en el colchón, temblando.

Aline intentó atraerla hacia su boca con desesperación, pero Liria no cedió.

—Paciencia... te prestaré mis labios en unos minutos. Ahora los necesito aquí —musitó con una voz tan grave que le erizó la piel.

Aline ardía. No sabía si podía soportar tanto placer, sorprendida incluso por los gemidos guturales que escapaban de su garganta. Y cuando creía que no podía más, unos dedos irrumpieron en su interior, acompañando los movimientos salvajes de la lengua de Liria. El ritmo aumentó, llevándola al límite.

Y cuando por fin sintió ese deseo estallar, cayó junto a ella, jadeante, atrapándole el rostro con las manos, con unas infinitas ganas de repetir ese infierno dulce toda la noche.

—¿Dónde has estado tú todo este tiempo? —preguntó Aline, intentando recuperar el aliento.

—Esperándote.

—Mentira... —murmuró, aunque en el fondo sabía que ninguna respuesta habría sido más honesta.

Liria había pasado por muchas pieles suaves, por muchos cuerpos que se estremecían a su paso, pero ninguna le sabía a tinta ni dejaba ese sabor a amor. Estaba segura de que la rompería tarde o temprano. Porque esos ojos color miel que la atravesaban, además del cosquilleo de sus rizos en su hombro al hacían caer rendida, se lo confirmaban.

«Vas a ser lo que más haya amado nunca», se dijo a sí misma antes de cerrar los ojos, protegiéndola en su abrazo.

16

El ambiente era distinto, casi festivo; todos comentaban las posibilidades que abría y los nuevos proyectos que ahora podrían asumir sin desbordarse. Liria, siempre más reservada para este tipo de cosas, fue quien propuso salir todos juntos a un local cercano para celebrarlo.

Era de noche. El lugar estaba iluminado con luces cálidas, música suave y un murmullo constante de conversaciones cruzadas. Aline se mantenía junto a su grupo habitual, donde también estaban Inma y María, sus compañeras de departamento, con las que tenía muy buena afinidad. Reía de vez en cuando, pero su atención orbitaba inevitablemente alrededor de Liria.

La vio cuando un par de conocidos se acercaron a ella. Uno le habló al oído y le arrancó una sonrisa franca. Aquella imagen le quemó por dentro. Giró su copa en la mano, fingiendo interés en la conversación de Susana hasta que Coral se colocó a su lado, mirándola de reojo.

—¿Qué tal? —preguntó Coral, como si fuera una charla sin importancia.

—Bien... —Aline intentó sonar indiferente—. ¿Cómo lo hace?

Coral sonrió, consciente de que esa mujer que ahora conversaba animadamente con Liria la tenía tensa.

—Bueno... —miró la escena unos segundos—. Puede ser hipnótica.

Aline siguió su mirada. Liria estaba impecable: traje pantalón y chaleco de lino blanco, zapatillas deportivas que rompían el estilo formal, pero, de algún modo, lo hacían más suyo. La combinación, lejos de restar, la hacía lucir espectacular.

Por un instante, sus miradas se encontraron. Breves, densas, como si una palabra más pudiera romper un equilibrio frágil. El momento se disolvió en segundos. Coral se alejó con una media sonrisa. Sabía que la mujer que estaba junto a su amiga era Sofía, se quedó mirándola de reojo como si hubiera confirmado algo que sospechaba desde hacía tiempo: desde el primer instante había chispa entre ellas.

Más tarde, Coral apareció junto a Liria.

—Veo que ha cambiado mucho la historia desde que me dijiste que no había nada que hacer.

Liria la miró con calma.

—¿Por qué lo dices?

—Porque la he visto haciendo malabares con la boca para no lanzarse a ti... mientras cree que coqueteas con otra mujer.

Liria soltó una sonrisa lenta, orgullosa. No parecía incomodarle la idea; más bien la saboreaba.

—Espero que dejes de comerte a tus empleadas —dijo Sofía con un toque picante—. Aunque hay que reconocer que ese vestido ceñido es de lo más sugerente.

Liria la miró, desafiante, con un brillo peligroso que dejaba claro que ni por un segundo se le pasara por la cabeza clavar los ojos en Aline... porque, en el sentido más estricto, era suya. Sofía dejó escapar una carcajada al notar que no bromeaba; que sus ojos verdes devoraban sin piedad.

Poco después, Rodrigo llegó al local. Saludó a algunos conocidos y, en menos de lo que tardó en pedir una cerveza, Coral notó cómo la escena se invertía: ahora era Liria quien observaba cómo Aline sonreía y se inclinaba demasiado cerca de él para hablarle al oído.

Ninguna dijo nada, pero la tensión quedó flotando como una línea invisible que todos intuían y nadie se atrevía a tocar.

Aline ardía. En parte por ese recuerdo latente de Liria robando la tinta con sus labios como si el mundo se acabara en ese momento. Y, por otra parte, porque lo único que deseaba era lanzar la copa al suelo y devorarle la boca sin importar nada ni nadie.

Liria no podía más con la escena frente a ella. Rodrigo sujetaba a Aline por la cadera, guiando un baile torpe, casi fuera de lugar, pero lo suficientemente cercano como para que cada roce encendiera algo en su interior. No podía culparlo... aunque lo que de verdad deseaba era ser ella quien arrancara ese vestido ahí mismo, quien la reclamara con las manos y el cuerpo, sin testigos.

Aline captó la mirada feroz y desafiante de Liria. Y, como si quisiera avivar aún más ese fuego, echó el cuerpo hacia atrás, apoyando la cabeza en el torso de Rodrigo. Su cabello rizado y suelto cayó hacia un lado, dejando al descubierto la nuca, que él sostuvo con una mano. Siguió el ritmo, contoneándose contra él... aunque las dos sabían que ese baile no era para Rodrigo.

—¿Quieres que te ayude con ese juego que se trae tu empleada? —susurró Sofía en su oído, con picardía, sabiendo que Aline las atravesaba con la mirada del mismo modo en que lo hacía Liria.

No respondió. Estaba demasiado concentrada en no perder el control. Sabía que podía ocurrir; que la única razón por la que no había cruzado ya la distancia que las separaba era porque todavía se aferraba a la idea de no poner el mundo de Aline patas arriba... Aunque, en realidad, era el suyo el que estaba siendo arrasado por ese torrente que desmontaba toda la serenidad que intentaba aparentar.

Sin darse cuenta, comenzó a avanzar hacia ella. Aline se tensó. Sabía de lo que era capaz cuando la retaba... pero él no era un desconocido. Era... ya no sabía exactamente qué era para ella.

—Hola, ¿qué tal lleváis la noche, chicos? —sonrió encantadora

Él se separó un poco, quizá incómodo, como si quisiera asegurarse de que podía leer sus intenciones. Hacía unos pocos minutos que estaba tocaba a Aline mientras recordaba cada contoneo que ella tuvo para él. Sin embargo, se relajó cuando Liria comentó que tenía una moto muy chula. Hablaron de motos, de cilindradas; incluso lo invitó a pasar por la oficina algún día para ver dónde trabajaba su novia. Podía ser realmente encantadora.

Rodrigo rio cuando ella dijo:

—Las motos tienen que hacer runrún rápido.

Aline, sin querer, la recordó entre sus piernas la noche anterior, saboreándola, y se estremeció. Sabía que esa parte era mejor omitirla en ese momento, pero ya era tarde: Liria se había instalado en sus ganas sin pronunciarle una sola palabra directa.

—Si me disculpáis, tengo que marcharme.

Le dio un leve toque en el brazo al encantado Rodrigo y, antes de girarse, clavó sus ojos directamente en Aline.

—Un placer... —susurró, y se dio la vuelta, desapareciendo entre la gente.

Aline se quedó jadeante, con la sensación de que, si la hubiera tomado allí mismo, se habría dejado... sin importarle quién pudiera verlas.

Liria llegó a casa con la piel aún ardiendo, incapaz de apartar la imagen de Aline bailando con Rodrigo. Se descalzó y se quitó el pantalón; lo apoyó en una silla. Se dejó caer en el sofá, con una copa de vino en la mano, y repasó mentalmente cada gesto, cada inclinación de su cuerpo, cada vez que el vestido se moldeaba a esas curvas que ya conocía demasiado bien.

Sabía que esa noche se le iba a clavar como una espina; no podía evitar la punzada de imaginarla con él.

Dejó salir el aire con fuerza. Cada vez le costaba más mantener esa fachada de eterna indiferencia. No había forma humana de dormir con la certeza de que, mientras ella estaba allí sola, Aline seguía con él... que la despojaría de ese vestido, que la haría suya. Por eso se había marchado sin despedirse; porque las palabras se le atragantaban y supo que estaba al límite de su resistencia. Huyó antes de romperse.

Se levantó para dejar la copa en la encimera, intentando convencerse de que era mejor así, pero la mentira apenas duró unos segundos.

Un golpe seco y desesperado en la puerta la arrancó de sus pensamientos.

Abrió.

Aline estaba allí, de pie, con el pecho subiendo y bajando rápido, los rizos un poco desordenados, las mejillas encendidas y esa mirada que no dejaba espacio a las palabras. No dijo nada. Solo la empujó suavemente hacia atrás y se pegó a ella, buscándole la boca como si llevara toda la vida sin probarla.

Liria apenas tuvo tiempo de cerrar la puerta antes de que Aline se aferrara a su nuca y profundizara el beso. No había delicadeza, solo hambre. Esa urgencia que quema desde dentro. Sus manos recorrieron su espalda y bajaron con descaro hasta atraparla por la cintura, atrayéndola con fuerza. El vestido crujió bajo sus dedos. La tela estaba tensa y pedía ser arrancada.

—Este vestido... —susurró contra sus labios, sin dejar de besarla—. No sabes cuánto he fantaseado toda la noche con poder arrancarlo de tu cuerpo.

No esperó respuesta. La giró bruscamente, guiándola hasta la pared y la apoyó contra ella. Bajó la cremallera con prisa, sin control, sintiendo cómo la tela, hecha girones, cedía a su paso. No Iba a disculparse por la brusquedad, Aline le tomó la mano y la guio bajo su ropa interior, apartándola deprisa. Estaba tan húmeda, tan encendida, que al girar la cara para buscar la boca de Liria lamió sus labios con fiereza, reclamando la pasión que quería sentir. Aline gimió fuerte y le mordió el labio hasta hacerlo sangrar. Eso solo la excitó más.

El vestido cayó al suelo como un suspiro, dejándola en ropa interior: un conjunto negro de encaje que Liria supo que era para ella. Era una imagen majestuosa, verla solo con esos tacones finos y esa lencería.

—Es una imagen increíble... la de tu cuerpo, Aline —jadeó.

La volvió a pegar contra la pared, esta vez frente a frente, encajando su cintura con la suya. Recorrió con la lengua un camino húmedo hasta su oreja, arrancándole un estremecimiento que recorrió cada átomo de su piel. Liria deslizó la mano dentro de su ropa interior

Apretó su cuerpo contra el de ella, y al verla tan deseosa, le agarró con fuerza el trasero y la alzó de golpe haciendo que sus piernas se aferraran a su cintura. La llevó al sofá sin romper el beso. El peso, el calor y el roce... de sus sexos, apenas sin cubrir, encendió más el fuego.

Por fin tenía lo que había estado evitando. Y no pensaba detenerse hasta saborear cada rincón de ella.

Sin darle un segundo para apartarse se inclinó sobre ella, atrapando sus labios con un beso desgarrador que reclamaba cada parte de su boca. Las manos de Aline se deslizaron bajo el chaleco buscando su piel. Se excitó al poder tocar sus senos, por fin, deslizó su mano rozando su abdomen firme hasta que volvió para desabrochar un botón. La desesperación le hizo dar un tirón. Los botones saltaron de golpe. Liria jadeó al sentir cómo sus dedos rozaban sus pezones, que estaban duros y sensibles. Aprovechó para morderle suavemente el labio inferior antes de bajar por su cuello, marcando un camino de besos y caricias que provocaban que Aline se arqueara hacia ella, como si quisiera fundirse en su calor.

—Te he querido así toda la noche... —murmuró Liria con la voz grave y ronca—. Y no pienso esperar un segundo más.

Sus manos se deslizaron por los muslos de Aline, subiendo lentamente, disfrutando de la tensión que provocaba cada centímetro recorrido. Enganchó sus dedos en la cintura de la braguita de encaje y tiró de ella con firmeza, bajándola por sus piernas.

Aline temblaba, pero no de frío. La forma en que Liria la miraba —como si fuera el único regalo que había estado esperando— la mantenía en un estado entre el vértigo y el éxtasis.

Liria se acomodó entre sus piernas y comenzó a besarla desde la parte interna de un muslo, subiendo despacio, torturándola con cada roce y cada pausa. Aline se aferró a su cabello, intentando guiarla, pero Liria sonrió contra su piel y la sujetó de las caderas, manteniéndola firme. Aline gritó arqueando la espalda. Le sujetaba el pelo para hundirla aún más.

—Quieta... Quiero saborearte a mi ritmo.

El primer contacto de su lengua en el centro húmedo de Aline fue como un relámpago que la hizo gemir sin poder contenerse.

Liria alternaba movimientos suaves y lentos con otros más intensos, escuchando cómo su respiración se volvía errática.

—Dios... —susurró Aline, apretando los muslos—. No pares.

Obedeció. La lengua de Liria se movía con una precisión brutal. Succionando, lamiendo su clítoris hasta volverla loca, aumentando la presión y la velocidad, sintiendo cómo el cuerpo de Aline respondía con temblores cada vez más profundos. Introdujo dos dedos de golpe hasta lo más profundo, acompañando al ritmo de su lengua, encontrando ese punto que la hizo arquearse con un grito ahogado que llenaba todo del sonido de su placer.

—Mírame —le ordenó Liria sin dejar de moverse.

Aline abrió los ojos. El contacto visual fue suficiente para hacerla perderse del todo. El orgasmo llegó como una ola violenta, contrayéndola alrededor de los dedos de Liria, mientras un grito desgarrador escapaba de su garganta. Liria subió hasta su boca y la besó con fuerza, haciéndola probar su propio sabor.

—Esto... —susurró contra sus labios— solo acaba de empezar.

Aline sonrió, aún recuperando el aliento, y la atrajo hacia sí, dispuesta a devolvérselo todo... y más.

Aline miró el fuego de sus ojos y, con sus dedos, tocó su rostro empapado en sudor. Los deslizó lentamente hasta detenerse en uno de sus pechos, acariciándolo con delicadeza. Su mirada felina no se apartaba de Liria. Bajó por su vientre despacio, pero con fluidez, ayudada por ese sudor que tanto la excitaba. Rozó su intimidad para, después, llevar esos dedos a su boca ante la atenta mirada de esos ojos verdes que seguían ardiendo.

Puso su tacón justo al lado de ella, pisando con fuerza, sin importarle si ese sofá estaba o no hecho para soportar tacones. Succionó su labio con dureza, y Liria emitió un quejido que la hizo sujetarla por las caderas. Dejó que pasara sus manos, aunque estaría poco tiempo en esa postura. Aline abrió sus piernas despacio, paseando sus manos por sus muslos, subiendo lentamente, disfrutando de la tensión que provocaba cada centímetro recorrido. Dio un paso atrás al rozar sus labios, y Liria leyó su pensamiento.

—Aline... —murmuró excitada—. No hace falta que hagas nada que no quieras.

Aline sonrió de manera pícara, llena de ganas. Acercó sus labios a su oreja y, dejando un rastro de su paso por ella, susurró:

—Liria... —se lamió el labio antes de terminar la frase—. No hay nada en este mundo que me pueda apetecer más que llenarme de tu aroma.

Hincó las rodillas en el suelo, abriendo sus piernas, y entre suaves besos y caricias que estremecían a Liria, su lengua encontró el destino casi de manera natural. Sintió tanto placer al hacerlo como sabía que se lo estaba entregando a la mujer que cerraba con fuerza los ojos, dejándose caer hacia atrás al sentir las oleadas de placer. Recordó cómo, hacía tan solo unos días, intentaba sacar de su mente esa imagen junto a Rodrigo... Ahora parecía un recuerdo importado de otra vida. Ahora, su vida era esa mujer; lo supo, y hundió su lengua buscando que ella también lo tuviera claro. La volvió loca con su lengua. Liria notó que hablaba en serio al decir que deseaba hacerlo. Estaba a punto. No podía controlar sus manos, que se aferraban a su espalda, a su pelo, a los cojines del sofá.

—Córrete para mí —le ordenó Aline.

La desestabilizó y la hizo estallar en un gutural gemido que la atrapó entre temblores y sofocos.

Se levantó del suelo y se puso a su lado. Se inclinó hacia atrás e invitó a Liria a apoyar su cabeza en su pecho. Ella obedeció. Liria se sintió tan protegida... Siempre había tenido el papel de proteger, y ahora..., ahora se sentía tan bien escuchando el baile apretado del corazón de Aline que no pudo evitar cerrar los ojos.

El silencio entre ambas era denso, pero no incómodo. El fuego crepitaba a unos metros, proyectando destellos anaranjados que acariciaban sus cuerpos desnudos.

Liria, con la cabeza apoyada en el pecho de Aline, sentía cómo su respiración iba perdiendo velocidad poco a poco, acompasándose con el latido firme que escuchaba bajo su oído.

Aline jugueteaba con su pelo, acariciando mechones rebeldes que caían sobre su frente. No había prisa, ni palabras; solo ese calor que parecía envolverlo todo.

—Podría quedarme así... —susurró Aline, más para sí misma que para ella.

—Quédate —respondió Liria sin pensarlo.

Se miraron. Hubo un instante en el que ambas parecieron comprender que aquello ya no era un simple deseo físico. Que había algo más que las estaba atrapando.

Y entonces, el sonido agudo del teléfono rompió el silencio, iluminando la penumbra.

Aline dio un respingo, incorporándose de golpe. El nombre en la pantalla la hizo incorporarse de inmediato, asustada, nerviosa y triste por no haberlo tenido presente en ningún momento de esa noche.

—No contestes... —susurró Liria con la voz grave y los labios todavía húmedos.

El teléfono vibró otra vez. Esta vez, acompañado de un mensaje:

*¿Dónde estás? Te has ido de la fiesta sin decir nada.
Estoy preocupado.*

Aline dejó el móvil sobre la mesa, como si pesara demasiado. No respondió. Sentía esa mirada fija en ella, el silencio se hizo insoportable.

—Tengo que irme. —Se levantó casi de golpe, lazando a Liria por los aires. Estaba agitada. Recogió su ropa perdida, y al parar en su vestido, recordó que ya no podría usarlo—. ¿Me dejas algo para poder irme a casa?

—Sí, —susurró— coge lo que necesites. Te llevo a casa.

Liria sabía que había llegado allí en un impulso y que ahora la realidad la había vuelto a golpear con dureza.

El fuego seguía ardiendo, pero ninguna de las dos sabía si serían capaces de apagar lo que habían encendido esa noche.

17

Aline había empezado la mañana rara. El café le supo más amargo que de costumbre y el estómago le dio un vuelco apenas lo terminó. Se rio sola, encogiéndose de hombros, como si quisiera restarle importancia.

—Joder, imagínate que estoy embarazada... —murmuró, casi en broma, como si al decirlo en voz alta pudiera hacer que la idea se desvaneciera.

Sacudió la cabeza, convencida de que solo era cansancio, estrés o que el café estaba demasiado cargado. Que no pasaba nada.

La oficina estaba más ruidosa de lo habitual. El nuevo proyecto había aterrizado como una tormenta que nadie esperaba y todos corrían de un lado a otro, con carpetas, tazas de café y llamadas que sonaban sin parar.

Liria llevaba toda la mañana con el ceño fruncido, leyendo informes y coordinando tareas. No había buscado a Aline más allá de un par de miradas fugaces. Seguía anclada en esa fina línea entre acercarse demasiado o mantenerse en la distancia segura que creía necesaria.

Aline, en cambio, trataba de perderse entre números y diseños para evitar pensar en lo que había pasado. Pero su cuerpo parecía decidido a delatarla. Un calor extraño subía desde su estómago hasta su cuello, un nudo le apretaba la garganta y el olor del café fuerte que bebía Liria mientras asignaba tareas a cada departamento le revolvía el estómago.

Se dijo que era cansancio, que el estrés estaba haciendo estragos, que no pasaba nada...

Pero todo empeoró cuando Inma se sentó a su lado con su perfume habitual: dulce y penetrante. El aire se le cortó de golpe. No fue disimulado, se llevó una mano a la boca y se levantó deprisa, saliendo de la sala antes de que alguien pudiera preguntar.

—¿Qué le pasa? —susurró María.

—Ni idea —respondió Coral, aunque ya se estaba levantando para seguirla. Conocía demasiado bien la mirada que había visto en Liria.

La encontró en el baño, inclinada sobre el lavabo, respirando hondo.

—¿Estás bien?

—Sí... creo que sí. Es el perfume, me ha mareado —respondió con una sonrisa débil.

Coral la miró en silencio un instante, como si algo se encendiera en su cabeza.

—A ver si vas a estar embarazada...

Coral la veía pálida. Esos síntomas la trasladaron a cuando ella estaba de ocho semanas. Esa mezcla de náuseas y sueño.

Aline se quedó helada.

—No digas tonterías —contestó demasiado rápido.

—No es ninguna tontería. ¿Desde cuándo estás así?

Aline desvió la mirada hacia el espejo empañado.

—Unos días... no sé. Me mareo a veces, me dan arcadas con algunos olores. Pero seguro que es el estrés, el café, o yo qué sé...

Coral cruzó los brazos.

—Eso no suena a «estrés».

—Bueno, tampoco es que me pase todo el tiempo. Solo son ratos. Ya se me pasará.

—Aline… piénsatelo. Y hazte una prueba, aunque sea por salir de dudas.

Coral sabía que Aline, aferrada al váter, tenía mucho más miedo a lo que podía perder que a ser madre, porque esa mujer que aguardaba en la sala de reuniones la tenía loca. No le quedaron dudas al escuchar que le decía:

—No le digas nada de esto a ella…

Coral negó con la cabeza, casi en un susurro, pero tuvo que respirar hondo. No era creyente, pero a quien fuera le pedía que no se desatara esa caja de Pandora que podía ser Liria rota.

No hubo más conversación. Coral salió y Aline se quedó sola, mirándose en el espejo con un peso en el pecho que nada tenía que ver con el mareo.

Desde su despacho, Liria observó de reojo la expresión de Coral al volver. Extraña. Confusa. Tal vez podría excusarse y salir para acortar esa distancia que se había instalado entre las dos desde aquella noche interrumpida por la llamada de Rodrigo, pero no lo hizo. Volvió a centrarse en ese proyecto ambicioso, con la incómoda sensación de que algo estaba empezando a cambiar, y que cuando quisiera darse cuenta, ya sería demasiado tarde.

La tarde continuó igual de intensa, con un vaivén de pasos, voces y máquinas trabajando a todo rendimiento. Liria se mantenía ocupada, aunque lo que de verdad ansiaba era cruzar la puerta para buscar a Aline. Se recostó en su silla, mirando al techo, recordando el fulgor de su piel… No pudo evitar cruzar las piernas al sentir el deseo de besarla.

Bajó hasta recepción con la excusa de coger un poco de agua y «un mucho», por si podía cruzarse con la mujer que no se iba de sus pensamientos. Coral la observó mirar de reojo a la puerta entreabierta del Departamento de Diseño. La conocía demasiado bien, lo suficiente como para saber que estaba loca por esa mujer que hacía arte con sus manos... y, al parecer, también en la piel de su amiga. La vio volver a su despacho decepcionada, cabizbaja.

Poco después, Coral vio a Aline regresar del baño. Sabía cuáles eran esos síntomas; tenía uno de ocho años en casa para recordárselo. Se levantó despacio, casi sin hacer ruido, porque su amiga estaba demasiado atenta a todo lo que tuviera que ver con esa mujer que ahora parecía lidiar con una novedad que nada tenía que ver con besos.

—¿Te encuentras mejor? —preguntó.

—Sí... creo que algo me ha sentado mal —respondió Aline, restándole importancia.

Coral no quiso insistir, pero lo que por la mañana había sido solo una sospecha, ahora era una bomba de relojería que sabía que tarde o temprano iba a estallar.

18

Aline recorrió lo que ahora le parecía un interminable pasillo hasta el baño. Apenas tuvo tiempo de cerrar la puerta antes de caer de rodillas y vaciar lo poco que quedaba de su escueta cena.

El día anterior había salido del edificio a toda prisa, bajo la atenta mirada de Coral. Sus palabras seguían retumbando en su cabeza. Recordó que las últimas veces con Rodrigo habían sido poco cuidadosas, nacidas de la rabia y la incertidumbre, de no saber qué le estaba pasando.

Se dejó caer sentada en el suelo, con la espalda apoyada en la pared fría. No podía estar pasándole eso... no ahora. No cuando el sabor de los besos de Liria seguía más presente que el amargor que tenía en la boca. Estaba tan decidida a ser libre, a terminar esa vida impostada que había construido, que ahora, al darse cuenta de lo funambulesca que había sido caminando sobre esa cuerda floja, solo habría querido irrumpir en el despacho de Liria y gritarle el amor que empezaba a arderle cada vez que su silueta se colaba en sus recuerdos.

Pero, en lugar de eso, solo podía inclinarse otra vez hacia la taza del váter, rendida a otra oleada que la dejó exhausta. El sudor frío le empapaba la frente. Le costaba recuperar el aliento.

No se encontraba nada bien. Tal vez sería mejor averiguar si, de verdad, existía esa posibilidad de «ser madre». Eso la aterraba.

No por el hecho en sí —ser madre era algo que siempre había pensado que llegaría tarde o temprano—, sino por lo que significaría ver dos rayas en un test de embarazo ahora, en este momento preciso, con la vida que tenía y la que empezaba a querer.

Se arrastró hasta el salón, con el teléfono temblando entre las manos. Marcó un número que conocía de memoria.

—Susana... —su voz era apenas un hilo—. Necesito que vengas ya.

—¿Qué ha pasado? ¿Estás bien?

—No... sí... —respiró hondo—. No puedo dar ni un paso y necesito... un test de embarazo. Si es posible, todos los que encuentres.

—Aline...

—Por favor, Susana, no me preguntes nada. Solo ven.

Colgó antes de que pudiera insistir. Se dejó caer sobre el sofá, mirando el techo, con la sensación de que su vida entera pendía de una bolsa de farmacia.

Susana apareció en menos de veinte minutos, sin aliento, con una bolsa blanca que parecía a punto de romperse.

—Te he hecho caso —dijo, dejándola sobre la mesa—. Creo que he vaciado media farmacia.

Aline intentó sonreír, pero no le salió. Se quedó mirando la bolsa como si fuera una caja de Pandora que, en cuanto se abriera, cambiaría todo.

—¿Quieres que me quede contigo? —preguntó Susana de una forma más suave.

—No... bueno, sí... —Aline tragó saliva—. No quiero hacerlo sola, pero tampoco quiero que me mires mientras lo hago.

Susana asintió, respetando esa frontera extraña.

—Voy a esperarte en la cocina. Grita si necesitas algo.

Aline tomó el primer test con las manos temblorosas. No podía creer que aquel trozo de plástico tuviera tanto poder. Mientras se encerraba en el baño, «tres minutos» ponía en el papel, el tiempo suficiente para que su mente empezara a divagar. Pensaba en Liria con el cabello suelto, mirándola con esa intensidad que la dejaba sin aire; en las manos de Liria en su cintura, la voz grave, los besos que parecían no acabar nunca...

Se obligó a concentrarse. Siguió las instrucciones, dejando el test sobre el borde del lavabo. Ahora, solo quedaba esperar.

El reloj del móvil marcaba tres minutos... tres eternos minutos. Se sentó en el suelo, abrazando las rodillas, intentando no mirar todavía. El silencio se hizo espeso, roto solo por el eco de sus propios pensamientos: ¿Y si es positivo? ¿Y si no puedo decírselo? ¿Y si la pierdo para siempre?

Una punzada de miedo le atravesó el pecho. Aline sabía que, si ese resultado mostraba dos rayas, todo lo que había vivido con Liria se convertiría en un terreno minado.

—¿Aline? —sonó desde la cocina la voz de Susana—. ¿Todo bien?

—Todavía no...

Se levantó despacio, con el corazón golpeándole las costillas. Se acercó al lavabo. Cerró los ojos, respiró hondo..., y los abrió.

La respuesta estaba ahí, tan clara que no necesitó comprobarlo dos veces.

Aline se quedó quieta, sintiendo cómo el mundo se inclinaba bajo sus pies.

—¿Qué dice? —preguntó Susana, desde la puerta entreabierta.

Aline no respondió. Solo dejó que el test cayera al suelo, sin apartar la vista de esas dos líneas que parecían gritar más fuerte que cualquier palabra.

19

Liria empezaba a ponerse nerviosa. No porque Aline llevara tres días sin venir a trabajar —o, al menos, no solo por eso—, sino porque la última imagen que guardaba de ella le resultaba incómoda, como un nudo que no lograba deshacer.

Según Coral, había tenido malestar estomacal. «Hay un virus corriendo por ahí», le dijo con un gesto que pretendía ser tranquilizador.

Pero Liria no se lo tragaba. «Los virus no se pegan por mensaje» pensó ella mientras repasaba una y otra vez la secuencia de aquella última conversación. La había visto tan esquiva... demasiado. Y ahora, esas palabras que le retumbaban en la memoria: «Mañana ya veremos».

Se giró en su silla, apartando los informes que fingía revisar. Miró el teléfono sobre la mesa, tentada de escribirle algo breve, algo que no la delatara. Pero no lo hizo. Se conocía lo suficiente para saber que, si la buscaba y no obtenía respuesta, acabaría plantándose en su casa... Y no estaba segura de si era lo correcto.

Coral pasó por la puerta de su despacho con una carpeta en la mano. Liria aprovechó para llamarla.

—¿Sabes algo más de ella? —preguntó, fingiendo casualidad.

Coral se detuvo, la miró con esa expresión que escondía más de lo que decía.

—Solo que está descansando. Nada grave.

Liria asintió, pero en el fondo supo que era una media verdad. Coral rara vez mentía, y cuando lo hacía... siempre era para proteger a alguien. ¿Pero de qué?

El resto del día lo pasó con esa inquietud clavada en el pecho, como si su cuerpo supiera que algo se estaba moviendo fuera de su alcance.

Coral miró a Liria antes de marcharse a través del cristal de su despacho, estaba taciturna. Sabía que su amiga no se podía quitar a esa mujer de pelo rizado de la cabeza, pero no era el momento de hablar, cuando llevaba el alma en un hilo por su madre. Guardó silencio, no solo por Liria, sino porque ella no estaba ahí para marcar pasos que no le correspondían. Volvió sujetando las llaves con fuerza y se fue...

Cuando las luces de la oficina empezaron a apagarse, los pasillos se quedaron en silencio y el barullo se disipó, Liria permaneció mirando por la ventana, con la ciudad desplegándose frente a ella. No sabía qué iba a encontrar cuando la viera otra vez, pero tenía la sensación de que, cuando llegara ese momento, ya nada sería igual.

No entró en su despacho, sino en el de ella, buscando algún rastro, cualquier indicio de dónde podía estar.

Sobre la mesa había bocetos y hojas garabateadas; otras, llenas de anotaciones que, aunque parecían un caos, estaba segura de que Aline podría enumerar de memoria.

Vio su carpeta apoyada contra la pared y se extrañó. Ella jamás se iría sin llevársela. Sabía que los pensamientos que le rondaban no eran buenos, pero no pudo evitarlo. Agarró la carpeta y se sentó en su silla, deslizando los dedos con cuidado para abrirla.

Era de esas carpetas grandes, de las que guardan secretos importantes. Reconoció algunos encargos: cepillos de dientes, colchones... Sonrió para sí misma. Ahora sí que tenía claro que aquel colchón era bueno; lo había probado gustosamente junto a ella en dos ocasiones y en dos modelos distintos que le habían regalado. Un dibujo de un vino le recordó a aquella caja que le habían entregado semanas atrás. No dudó en dejar la carpeta a un lado, como si quisiera reservar lo mejor para el final. Descorchó la botella con un abridor medio roto que encontró en la mininevera, se sirvió una copa y la olió antes de beberla casi de un trago, para después servirse un poco más.

Caminó despacio, rozando de nuevo los dibujos con la yema de los dedos, deseando que Aline pudiera sentirla. Entonces, se detuvo en uno distinto, más íntimo que los demás. No era uno de esos clásicos anuncios que guardaba, sino una imagen personal, libre: en ella, una mujer, con su boca, absorbía la tinta de uno de sus tatuajes. Una metáfora triste, pero grandiosa... Era la manera de decir que alguien podía borrar cicatrices con solo posar sus labios.

Liria sintió el cuerpo arder con ganas de verla.

Era tentador coger la moto y acelerar hasta su casa para buscarla, igual de tentador que invadir no solo una carpeta, sino su mundo entero: sus paredes, su cama..., y esa parte de su vida que, intuía, venía de un lugar muy distinto al suyo. Mucho más... convencional. No quiso terminar la frase ni para sí misma. Decir lo que se esperaba de una mujer como ella sonaba injusto, pero quizás Aline tampoco se había imaginado nunca de la mano con una mujer.

Tal vez lo más sensato sería dejar de fantasear con eso y volver a las cosas sencillas. A Marta. A los besos que no saben a tinta.

Pero en ese momento, en el silencio de aquellas paredes, todos los besos que no fueran los suyos le parecían insípidos.

20

Liria aceleraba mientras el gran edificio se dibujaba en su horizonte. Dudó, durante unos segundos, sobre si aumentar aún más la velocidad y pasar de largo, pero al final giró y aparcó la moto en su lugar de siempre.

Al alzar la vista, el estómago se le encogió. La moto de Rodrigo acababa de detenerse frente a la puerta. De ella bajaba Aline con un movimiento lento, casi cansado..., pero radiante. Llevaba su melena larga recogida en un moño estratégico, de esos que simulan descuido, y un pantalón fino color vino, que armonizaba con una camiseta blanca adornada con flecos. En los pies, unas cuñas sencillas y bonitas que completaban esa imagen de contrastes: la suavidad de la ropa frente a la piel repleta de tinta y vida que tanto la enloquecía.

Liria se quedó sentada en la moto, con el casco en la mano, completamente absorta en ella. No fue consciente de cuánto la observaba hasta que Rodrigo levantó la mano para despedirse. Ese gesto la hizo alzar la cabeza de golpe... Entonces, ellas cruzaron una mirada. Misteriosa, impenetrable para cualquiera que quisiera descifrarla, incluso para ellas mismas.

Aline entró en el edificio sin detenerse. Liria esperó unos minutos más, dándole tiempo, intentando que su corazón recuperara un ritmo soportable antes de tomar cualquier decisión.

Necesitaba calmarlo, sostenerse en pie y no salir corriendo detrás de ella como su cuerpo le pedía a gritos.

Aline suspiró hondo y se dejó caer en su silla. Agradeció que ese olor a tinta, a lápiz y a goma de borrar aún le resultara tan sanador. Buscó su carpeta, que seguía apoyada en la pared donde la había dejado el otro día, antes de salir disparada de aquel edificio para no enfrentar esos ojos verdes... con esa verdad a voces que sentía que callaba.

Alguien llamó a la puerta. Se le erizó la piel al pensar que quizá fuera ella y no supiera cómo mirarla. Pero no. Coral entró despacio, casi pidiendo permiso.

—¿Cómo estás? —preguntó, en parte preocupada de verdad, pero también esperando que todo fuera una falsa alarma.

—Embarazada —susurró Aline.

—Madre mía, Aline... ¿estás contenta?

—No duermo desde que me enteré —suspiró—. Estoy confusa.

Se sinceró con ella. Junto a Susana, nadie más sabía nada... ni siquiera Rodrigo.

—Coral... —dijo con un hilo de voz—. Deja que sea yo quien se lo diga.

Coral la miró durante un largo rato, en silencio. Podía ver el miedo en sus ojos, un miedo que no tenía nada que ver con ser madre, sino con todo lo que esa noticia implicaba.

—No te preocupes. No le voy a decir nada —respondió al fin, aunque por dentro la tensión le quemaba.

Sabía que, aunque no lo reconociera, Aline estaba perdidamente enamorada de Liria, y que, si aquello salía a la luz, todo se volvería un caos. Y, aun así, guardar el secreto se le hacía casi tan difícil como imaginar la cara de Liria al saberlo.

—Gracias —murmuró Aline, bajando la mirada hacia la carpeta que tenía entre las manos, como si pudiera esconderse dentro de ella.

Coral asintió y salió despacio, dejando a Aline sola con un nudo en el estómago que no se desharía fácilmente.

Pero no fue ese día cuando se lo dijo.

Ni al siguiente.

Tampoco en el que, en medio de una tensa discusión con Rodrigo recriminándole su falta de apetito sexual, ella no pudo más y le gritó —casi escupiendo las palabras— que estaba embarazada. Y entonces rompió en un llanto liberador, un llanto que lo decía todo y que sentenciaba que ya no habría vuelta atrás.

Quizá, en el fondo, Aline había esperado que él reaccionara mal, que se mostrara esquivo ante la idea, que la rechazara. Pero no. Él la acogió entre sus brazos, la sostuvo con firmeza, le susurró que todo iría bien, porque estaban juntos. Ella intentó convencerse de que quería creerle, mirándole a esos grandes ojos marrones que brillaban de felicidad por la noticia. Lo envidió un poco, porque ella no terminaba de sentir esa emoción más allá de las náuseas matutinas.

Los días pasaron cada vez más deprisa. Sabía que era cuestión de tiempo que no pudiera ocultar la barriga, aunque las camisas y camisetas holgadas aún lograban hacer su función. Pero las miradas con Liria se volvían más esquivas; las ausencias en las palabras pesaban más. No recordaba la última vez que había entrado a su despacho. Y Liria, lo sabía bien, tampoco la iba a llamar si podía evitarlo. Cuando la llamaba lo hacía a través de Coral.

Respiró hondo antes de llamar dos veces a la puerta. Abrió como si estuviera a punto de dejar el corazón en el suelo para siempre; así se sentía. Liria la miró, confusa.

—Pasa.

—¿Puedo hablar contigo?

—Siempre has podido —respondió Liria con un eco doloroso que recordaba que había sido ella quien había levantado aquella barrera invisible entre ambas desde aquella noche mágica... que ahora parecía un recuerdo distorsionado, casi ficticio, en sus memorias.

Aline cogió aire para escupir todo lo que quería decir: que estaba embarazada, que estaba perdida, que no sabía cómo debía hacer las cosas..., pero, sobre todo, lo que le removía el alma: que estaba ahí delante de ella porque lo único que se había puesto en su sitio con el paso de las semanas eran las ganas de besarla y tocarla como nunca había sentido por nadie.

Pero cuando su boca se abrió, las palabras fueron otras:

—Es sobre el proyecto del nuevo contrato de esas máquinas de agua... —se tragó la verdad—. No sé muy bien cómo abarcarlo.

—Dile a Coral que te pase el contacto del cliente; tal vez él pueda darte alguna idea.

Liria sabía perfectamente que lo que la había traído ahí no eran unas máquinas de agua, y quiso averiguar de qué se trataba. Pero, siendo algo egoísta, sus días estaban siendo una montaña rusa desde que el tratamiento de su madre no estaba dando resultado y su salud se deterioraba a un ritmo ensordecedor. No quiso alargar más la agonía de Aline, que la miraba sin saber qué más decir, así que la ayudó:

—No te preocupes. Tenemos tiempo para trabajar en ese encargo. Tómatelo con calma —dijo con una sonrisa torcida, abriéndole la puerta para que se marchara.

Aline se vio al otro lado del despacho, confusa, y ante la atenta mirada de Coral —que esperaba saber si ya se había atrevido—, negó con la cabeza. Coral suspiró, en parte aliviada, por saber que Liria llevaba dos semanas entre hospitales y búsquedas de segundas opiniones que no llegaban. Todos los veredictos eran el mismo: «Disfrute de los suyos». «Haga algo loco, báñese desnuda en la playa a las tres de la tarde», decía esa médica de pelo corto y rizado, con ojos azules que sonreían como si el agua del mar pudiera curar un alma rota.

La doctora Bea les dio un abrazo a las dos: a una, en modo de despedida, aunque no lo dijera; a Liria, intentando apaciguar su dolor, aunque fuera un poco.

21

—Mamá, ten cuidado. —Liria ayudó a su madre a recostarse en el patio y a colocar el libro sobre la mesita auxiliar que había preparado para ella.

—Hija... —Le sostuvo la barbilla con ternura, clavando en ella sus ojos verdes, aún hermosos, aún inmensos, aunque cada día más apagados. Olían a despedida constante.

—Mamá... —sollozó Liria.

—Prométeme que no te quedarás hundida en la tristeza.

Le puso el *foulard* que llevaba sobre ella para protegerla, no del frío, porque el aire era cálido y acogedor: era un regalo, era un recuérdame, pero sé fuerte.

Liria apartó la mirada, sabiendo que era una promesa imposible de cumplir. Se sentó en el suelo tibio y apoyó la cabeza en las piernas frágiles y delgadas de su madre. Ella hundió los dedos en su pelo, masajeándole el cuero cabelludo con una delicadeza infinita. Liria suspiró, consciente de que se estaban acabando los días de sentirse protegida en ese regazo.

—Perdóname por haberte hecho vender una empresa tan potente para volver a esta ciudad tan pequeña... —susurró su madre, con un atisbo de dolor.

—Mamá... —Liria levantó un poco la cabeza, reacia a perder el contacto de sus manos—. No hay nada de lo que esté más convencida que de haberlo dejado todo para estar contigo. Si supieras lo feliz que me siento con esa decisión... Con Lirian-te, con lo que siento al entrar y oler la creación, ese aire de vida que hemos construido aquí juntas...

En mitad de la frase, la imagen de Aline se coló sin permiso. Veía sus manos llenando hojas blancas de arte y esfuerzo. Respiró hondo. Ella también era una de esas cosas mágicas que había aprendido a disfrutar ese último año, aunque no tanto como hubiera soñado... Y aunque ahora ya no... Todo irá bien, se repitió como un conjuro frágil.

Su madre la observaba con la certeza de quien conoce cada pliegue de su hija. No solo porque le dio nombre y apellido, sino porque la había criado sin un padre, con un abuelo que se convirtió en ambos. Le enseñó que no todos los hombres son cobardes, que hay abuelos-padres capaces de cargar el mundo sobre los hombros por amor. Sabía que Liria hablaba desde el corazón, no solo para consolarla antes de irse, y eso la tranquilizó.

La miró: su niña chica, apoyada en su regazo, tan indefensa todavía. No quería dejarla sola..., pero estaba tan agotada que ansiaba descansar, por fin, de tanta batalla pérfida.

Ese día decidió entregarse al sol que le acariciaba la piel y a la oportunidad de querer un poco más a su hija.

Liria no lo sabía, pero aquel sería uno de los últimos días en que podría sentir ese calor.

22

Liria apenas había ido a la oficina en dos semanas. Su madre no podía casi estar sola, tampoco quería hacerlo. Había dejado a una cuidadora solo para poder escaparse al supermercado lo más velozmente posible. La luz de su madre estaba casi extinta, y eso la dejaba perdida. ¿Cómo iba a no sucumbir a la tristeza cuando ella no estuviera? Había cambiado toda su vida por estar a su lado, jamás quiso irse demasiado lejos para poder cuidarla. Y ahora ese último año de eterna despedida la estaba dejando vacía. Para ella, su madre había sido un pilar de valentía. Y verla irse... cuando una parte de ella todavía esperaba que todo quedase en una batalla dura, pero ganada. La tenía aturdida.

Paseaba por los pasillos del supermercado en silencio, empujando el carro casi vacío. No tenía prisa. No tenía hambre. No veía comida, solo estantes repletos de objetos que desfilaban frente a ella como un decorado. Cogió un par de sopas y algo de carne, con la esperanza de que esa noche su madre quisiera cenar un poco más.

Cada paso era un eco en su cabeza. Aline volvía una y otra vez a su memoria, clavándose en su piel como una espina imposible de arrancar: la recordaba jadeando bajo sus labios, el temblor de su voz al suplicarle que no parara, la dulzura de estar en su pecho. Cerró los ojos unos segundos en mitad del pasillo. El recuerdo fue tan nítido que sintió de nuevo el calor arrollador de esa piel que había jurado no buscar otra vez.

Y, sin embargo, lo único que deseaba era eso: buscarla.

Doblando el pasillo, su corazón se congeló.

Aline estaba allí. Con él. Caminaban juntos, hablando con la naturalidad de una pareja que decide qué llevar o qué dejar. Fue Rodrigo quien la vio primero; la saludó con una sonrisa amplia, sin percatarse de la ola helada que acababa de atravesar a Liria.

—Hola, jefa —bromeó Rodrigo. Y Liria pensó: «Es un buen tipo. Siempre lo ha sido. Quizás demasiado».

Aline, en cambio, bajó la voz.

—Hola... —dijo incómoda, como si no supiera dónde posar la mirada.

—¿Todo bien? —intentó Liria, forzando una normalidad que ninguna de las dos sentía. El aire se volvió denso, como si el pasillo se estrechara de golpe. Hacía días, demasiados, que no estaban tan cerca. Ella había evitado la oficina sin dar explicaciones, y Coral se había encargado de cubrirla con frases vagas: «asuntos pendientes de su otra empresa». Coral siempre sabía qué decir... y qué callar.

Rodrigo llenó el silencio con un comentario que Liria no vio venir:

—Estamos haciendo unas comprillas... ahora que Aline debe cuidar mucho su alimentación.

El rostro de Aline se tensó de inmediato, deseando que esas fueran sus únicas palabras. Pero no.

—El embarazo la tiene fatal con la comida —añadió él, sin notar el terremoto que acababa de desatar.

Liria sintió cómo el mundo se le hundía bajo los pies. Sus ojos se clavaron en Aline, atravesando cualquier cosa que las rodeara.

Las palabras de Rodrigo siguieron fluyendo, alegres, llenas de planes, pero para Liria se convirtieron en un murmullo lejano, distorsionado, del que no encontraba salida.

No escuchaba nada más. Ni el carrito avanzando, ni el tintinear de los frascos de cristal que Rodrigo colocaba con cuidado, ni la música enlatada del supermercado. Solo veía la curva de los hombros de Aline, el modo en que se aferraba al bolso como si necesitara sujetarse a algo para no caer, el temblor de sus ojos, que delataban toda esa distancia que le había ofrecido. Estaba molesta. Molesta porque no le hubiera sido sincera, molesta porque no quería sentir lo que estaba sintiendo. Ella ya se estaba despidiendo de su gran amor de tantos años y mirar a Aline fijamente, sintiendo otra despedida abrupta, la hizo respirar profundo. Aline lo supo, supo que Liria había dictado sentencia en esa fracción de segundo que había durado el percatarse de la fuerza de esas palabras que Rodrigo había pronunciado. Se miraron, Aline suplicando, Liria con una mirada vacía que no decía nada. No podía. Si abría la boca, sabía que no saldrían palabras, sino todo aquello que llevaba semanas conteniendo. Y allí, entre estantes de cereales y cajas de galletas, no estaba dispuesta a derrumbarse. Su madre la esperaba, ahora mismo ella era su prioridad más absoluta, y no necesitaba estar en esa vorágine, puso una mano en el hombro de Rodrigo.

—Bueno… —dijo al fin—. Os felicito, pareja.

Mucho más serena y tan distante, que Aline sintió cómo ese fuego que tanto la perseguía por las noches se había apagado para siempre.

Giró el carro y se alejó sin esperar respuesta, sintiendo cómo la garganta se le cerraba a cada paso.

Aline la siguió con la mirada, con el corazón... con las ganas de aferrarse a su cintura y gritarle todo lo que sentía, de ahogarla en besos y caricias que le ardían en la memoria. La miró hasta que desapareció por el pasillo de productos de limpieza. Sintió un peso insoportable en el pecho, como si algo se hubiera roto de forma definitiva. Rodrigo seguía hablándole de las cosas que necesitaban para casa, ajeno a todo.

Ella solo pensaba en correr detrás de Liria. En explicarle. En decirle que, aunque no podía cambiar los hechos, la piel le latía y el alma se le encendía con solo imaginar su boca a milímetros de la suya.

Pero no lo hizo.

Y Liria, en otro pasillo, con las manos aferradas al carro y los ojos fijos en un estante que no veía, se repetía que no le importaba. Que no debía importarle. Que había cosas más urgentes, más graves... como la salud de su madre.

Pero en lo más profundo de sí, cada recuerdo de Aline la quemaba. La sentía en su boca, en sus dedos, en la humedad de su piel aquella noche en el sofá. Y, mientras fingía mirar un frasco de detergente que no veía, supo que nunca había mentido tanto como en ese momento.

Mentirse nunca había sido tan fácil, pero al menos tenía claro cuál era su lugar ahora: junto a su madre, que las esperaba en casa.

23

Aline asomó a la puerta del despacho de Liria, llamando apenas una vez antes de entrar. Tenía esa expresión que mezclaba nerviosismo y determinación, como quien se repite mil veces en el camino: «Esta vez sí».

—¿Tienes un momento? —preguntó, cerrando la puerta con cuidado.

Liria no levantó la vista de inmediato. Terminó de firmar lo que tenía entre manos y, cuando por fin la miró, lo hizo con una frialdad que cortaba el aire.

—Depende para qué.

Aline tragó saliva.

—Solo quería... hablar un minuto.

—¿Sobre qué? —No sonó como una pregunta; era una barrera.

Ella dio un paso hacia el escritorio, buscando esa chispa que siempre lograba romper el hielo entre las dos. Pero esta vez no había chispa. Solo una mirada que la mantenía a distancia.

—Sabes sobre qué —murmuró al fin, disfrazando el retroceso como si nunca hubiera pensado decir nada.

Liria dejó el bolígrafo sobre la mesa y se recostó en la silla.

—Espero que sea de trabajo. Es para lo único que te puedo dedicar tiempo.

—Liria, por favor...

Pero ella agarró el teléfono fijo e hizo una llamada delante de ella, como si necesitara demostrar que la conversación había terminado antes de empezar.

El silencio de después fue tan espeso que parecía que el reloj había dejado de marcar los segundos. Aline asintió, sin insistir más, aunque sentía que acababa de dejar un pedazo de alma en ese despacho.

Entonces Coral entró despacio. Ambas la miraron, en parte como una liberación de la tensión, en parte con la incomodidad de lo que habían quedado a medias.

—Aline, ¿te importa dejarnos un momento a solas? —le pidió Coral.

Ella entendió, aunque no del todo, que esa conversación estaba cerrada. No dijo nada más. Solo buscó la mirada de Liria por última vez, sin encontrarla, y salió, dejando otro trozo de corazón atrás.

Liria lo supo. Supo que Coral lo sabía... incluso el motivo por el que lo había escondido. Y, aun así, no pudo evitar negar con la cabeza.

—Llevo semanas, Coral. Semanas preguntándome qué ha pasado entre ella y yo. Martirizándome por irrumpir con sentimientos en un momento tan complicado de mi vida..., pero dime: ¿Desde cuándo lo sabes?

—Desde el principio. Soy madre —respondió ella, sin adornos.

Liria lo agradeció con un leve gesto.

—Deberías habérmelo dicho.

Coral se acercó y la abrazó con fuerza.

—No me ocultes más cosas.

—No... —musitó, tragando saliva. Se separó un poco, porque lo que iba a decirle la rompería más que cualquier otra cosa. Sus ojos se humedecieron—. Liria... acaban de llamar del hospital.

El aire se detuvo entre ellas.

—Vete —la voz de Coral se quebró—. Vete a decirle adiós a tu madre.

Liria ya no estaba allí. Se levantó de golpe con la sangre convertida en un torbellino. Echó a correr, abriendo la puerta de su despacho de un portazo, ante la atenta mirada de Aline, que aún seguía junto al mostrador sin entender nada.

Sus ojos se cruzaron apenas un instante, pero Liria no la vio; ya estaba en otro lugar, en otra urgencia. Cogió el casco sin cuidado, sin ese ritual respetuoso que siempre tenía. Cruzó la oficina sin mirar atrás, con la desesperación de quien solo piensa en llegar, en mirarla una última vez, en decirle te quiero.

Empujó la puerta de cristal del edificio, que apenas comenzaba a abrirse, y la golpeó de lado con el casco. Corrió hasta su moto. En la frenada, se golpeó contra ella y cayó, pero se levantó con la rabia y la adrenalina como combustible. Con un manotazo, la alzó, la arrancó aún con el casco colgando del codo y salió disparada del aparcamiento.

Aline pegó un grito al ver cómo un coche frenaba en seco para no embestirla, entre pitidos y algún insulto que Liria jamás oyó, ya demasiado lejos.

Corrió hacia dentro buscando a Coral, con el corazón encogido.

—¿Qué demonios ha pasado?

Coral la miró con el dolor instalado en los labios.

—Quiere llegar a tiempo.

—¿A tiempo? ¿A dónde? —preguntó Aline con la voz temblando.

—A decirle adiós a su madre... antes de que muera.

***

El pasillo del hospital se hizo eterno. La doctora la esperaba en la puerta con esa tristeza que solo tienen quienes saben sentir el dolor ajeno.

—Pasa —le dijo al verla llegar tan deprisa.

Liria tiró el casco al suelo. Fue entonces cuando se dio cuenta de que lo había traído enganchado al codo durante todo el trayecto.

—Mamá...

Ella sonrió, débil. Sus ojos apenas guardaban luz, pero bastó para reconocerse en ellos. Había estado resistiendo para ese momento, para ver a su hija una última vez. Intentó apretar su mano, aunque ya no le quedaban fuerza en sus dedos.

—Te quiero... —sus labios se movieron sin voz.

Liria lo escuchó como si ese susurro fuera un trueno. Le puso el sonido que siempre había tenido su voz: suave, musical, cálida.

—Yo sí que te quiero —sollozó—. ¿Qué voy a hacer yo sin ti?

—Vivir —dijo, ronca y gastada, como si estuviera guardando la última chispa de vida solo para dejarle esa palabra.

Liria hundió la frente en su mano.

—Gracias, mamá... por todo. Por haberme enseñado que la vida no es fácil, pero tampoco tan difícil como creemos. Gracias, mamá... Estaré bien, lo prometo. Lo haré por ti.

Su última lágrima salió despacio. Liria la atrapó con la yema de los dedos y la convirtió en una caricia eterna.

Sus ojos se apagaron. La doctora puso una mano en su hombro, indicándole que todo había terminado.

Liria besó la frente aún tibia y sintió un golpe seco por dentro, como si al besarla hubiera muerto también una parte de sí. Dio un paso atrás, cogió su casco y se lo puso, no por precaución, sino porque quería llorar sin que nadie la viera.

Y, a toda velocidad por la ciudad, con el casco puesto, el dolor se volvió invisible.

24

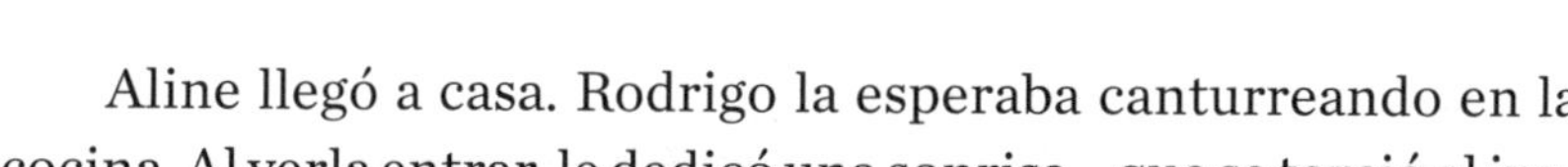

Aline llegó a casa. Rodrigo la esperaba canturreando en la cocina. Al verla entrar, le dedicó una sonrisa... que se torció al instante al notar la angustia en el rostro de la futura madre de su hijo.

—¿Qué ocurre, cariño? —se acercó despacio.

Ella lo miró con lágrimas en los ojos.

—La madre de Liria... ha muerto.

—¿La madre de tu jefa?

—Sí...

—Lo siento mucho por ella. ¿Quieres una manzanilla o algo?

Aline no respondió a eso.

—Rodrigo... ¿tú eres feliz conmigo?

Él frunció el ceño.

—¿Por qué preguntas eso, cariño? Por supuesto que sí.

—Creo que vas a ser el mejor padre del mundo —dijo, tocándose la barriga, que ya empezaba a notarse. Sonrió con ternura.

Él se acercó para besarla, pero ella dio un paso atrás.

—Pero yo no puedo seguir a tu lado de esta manera.

Rodrigo se quedó quieto, tenso, como si supiera que aún quedaba más por escuchar.

—Haremos esto juntos —añadió Aline, deslizando las manos por su vientre y atrapando las de él para colocarlas sobre la curva incipiente—, si quieres..., pero no puedo mentirme más.

—El niño... ¿es mío? —preguntó con un hilo de voz.

—Rodrigo, por favor... no digas tonterías. El niño es nuestro. Tuyo y mío. Y siempre será así.

—Pero tú ya no eres mía... ¿no?

Él sabía que eso era así desde hacía mucho y, aunque también a él le faltara algo, la quería, y el hecho de formar una vida con ella y un bebé le emocionaba. No sería el fuego que ella necesitaba y añoraba, pero podría ser un hogar.

—No... —respondió con la honestidad desnuda.

Rodrigo se apartó despacio, entendiendo que la distancia entre ellos no tenía nada que ver con el embarazo.

—¿Quién es él? —Quiso saber Rodrigo.

«El fuego», pensó al ver los ojos de Aline algo perdidos en sus recuerdos.

—En realidad... Es más complejo. Estoy enamorada —dijo en voz alta por primera vez en su vida, sintiendo un alivio extraño en medio de un momento tan perturbador—. Tú y yo no estamos enamorados.

—Pero te quiero, Aline.

—Y yo a ti..., pero no somos fuego. Tú y yo seremos los mejores padres para él... o ella. Tengo la sensación de que es una niña.

Él esbozó una sonrisa, aunque le ganó la distancia.

—Seremos los mejores padres separados de la historia —prometió.

Liria estaba desbordada. El tanatorio era un ir y venir de personas que ni conocía ni le importaban. Miraba a través del cristal, aún incrédula, con la sensación de que en cualquier momento su madre se levantaría y le dedicaría una sonrisa. Pero las horas pasaban y el peso de la verdad la hundía en una certeza que se le escapaba de las manos.

La última persona se fue. Por fin. Resopló, soltando la coraza de cortesía y tranquilidad. Dio un pequeño y solitario paseo por la sala, que llenaba de flores y velas que habían traído. Miró el cristal desde lejos, deseando que todo fuera mentira. Esta vez el golpe hizo eco en sus ojos y no pudo evitar recoger sus lágrimas con ambas manos.

—Mamá... —musitó, corriendo hasta el cristal—. No sé si podré cumplir la promesa... Me has dejado vacía.

Se sentó en uno de los sillones, en silencio, con la mirada perdida en el abismo de sus recuerdos. Sintió el escozor de los dedos de su madre enredados en su pelo y soltó un quejido de dolor al saber que esa sensación se disipaba demasiado rápido. Hundió los ojos en sus zapatos negros, que chocaban entre sí para tratar de calmarse, pero el eco de ese ruido también le molestó. Así que dejó de hacerlo. Y, de algún modo, eso la calmó.

—Hola... —susurró Aline de pie frente a ella.

Liria tenía la mirada hundida en el suelo, las manos metidas en los bolsillos. Era una imagen impactante verla ahí sentada, con ese cristal enorme de fondo y, tras él, el ataúd de madera que dejaba ver un rostro cuyo parecido con el suyo resultaba innegable. Sintió una punzada al leer el nombre en la puerta: «Sra. Liria». Se llamaban igual y se le contrajo el corazón solo al sentir la posibilidad de poder perderla de esa manera.

Ella levantó la cabeza con desgana. Estaba apagada y con unas ojeras profundas que delataban que no había dormido ni una sola hora. Vestía un traje negro riguroso y unos zapatos igualmente negros y brillantes.

—¿Qué haces aquí? —musitó.

—Quería verte... saber cómo estás.

—Ya me has visto —apretó los dientes—. Aline, no quiero parecer irrespetuosa, pero acabo de perder, posiblemente, a la única persona que me ha querido tal y como soy.

Sus palabras atravesaron a Aline como una flecha. Ella también la quería, aunque no se lo hubiera dicho aún..., y aunque al tocarse el vientre sintiera que se le atragantaba todo. Al menos ahora era libre para estar junto a ella, pensó.

—Quiero que te vayas. Necesito estar con ella a solas. Gracias por venir.

—Liria... —trató de acortar la distancia, apoyando las manos en sus hombros.

—Vete... —la esquivó.

Aline llevaba un vestido negro que suponía había cogido sin pensar demasiado. Podía apreciarse su embarazo de manera sutil; era contradictorio, una despedida inminente y una llegada. Las dos habían cambiado todo en el corazón de Liria.

—Quiero quedarme contigo.

Intentó tocarla de nuevo y, como un perro herido —que es lo que era—, Liria habló desde el dolor, mordiendo con sus palabras:

—¡Aline, vete de una puta vez! ¡No quiero ver tu maldita cara más!

Aline sintió cómo su corazón se hacía añicos... lo poco que quedaba de él y que no había dejado ya en el suelo de su despacho. Caminó deprisa hacia la salida para romperse por completo dentro del coche. Allí, golpeó el volante y todo lo que encontró a su paso. El dolor le comprimía la garganta con tanta fuerza que tuvo que sujetarse al volante con ambas manos para no hundirse del todo mientras gritaba de rabia.

Se recostó y cerró los ojos. Tal vez, si dormía un poco, podría despertar en un mundo donde Liria no la odiara y ella no estuviera atrapada entre dos caminos imposibles. Pero en el fondo lo sabía: el sueño no le borraría la realidad. Al abrir los ojos todo seguiría exactamente igual. Quería a Liria más de lo que había querido a nadie, y eso no iba a cambiar, pero tampoco el hecho de que ahora, cuando tocaba su vientre, sentía un amor inmenso que no sabía explicar. Esperaba no tener que elegir.

25

TRES MESES DESPUÉS

Liria no había vuelto por la oficina desde que se marchó derrapando para despedirse de su madre. Coral se había encargado de todo, como llevaba haciendo toda la vida a su lado. Era una amiga leal, rescatada de aquella vieja empresa que poco tenía que ver con esta nueva versión de Liria. En teoría, más feliz... Pero al verla ahora, hundida en el sofá, rodeada de latas de cerveza vacías, con la misma ropa de hacía días, con comida estropeada en la encimera y esa urna presidiendo el salón sobre la mesa de cristal, la teoría se derrumbaba.

Coral abrió un poco la persiana para que el aire corriera y aliviara el ambiente cargado. Sabía que Liria estaba en su momento más frágil desde que la conocía y sospechaba que hablaba más con esa urna que consigo misma. Los breves espacios de claridad los ocupaba pensando en esa mujer que, cada mañana, al llegar a la oficina, buscaba con la mirada su moto, su casco... y, al no hallarlos, pasaba el día en silencio, sin apenas dirigirle la palabra a nadie.

—Necesitas una ducha, amiga —dijo Coral, recogiendo en una bolsa la basura esparcida por el suelo.

La puerta, entreabierta, se abrió del todo para dar paso a Sofía, que había estado fuera por trabajo y se había perdido todo el proceso. Al ver la escena, miró a Coral con sorpresa. Después, puso una mano en la espalda de Liria y susurró:

—Hola, cariño...

Liria reconoció la voz y trató de abrir los ojos. Sabía que tenía mucha suerte de contar con amigas así, y lo mínimo que podía hacer era intentar mostrarse presentable ante ellas. Se incorporó y fue directa a la ducha. Cuando salió, ellas seguían mirándola como si en realidad no se hubiera levantado del sofá.

—¿Te apetece salir a comer? —preguntó Sofía.

No le apetecía, pero sabía que para su amiga sería una victoria, y quiso dársela.

—¿Cómo llevas tu vuelta a España? —preguntó Liria mientras caminaban.

—Ha sido un viaje enriquecedor. Los alemanes pueden ser muy fríos... y las alemanas, al parecer, muy calientes —contestó Sofía, provocando una sonrisa auténtica, no fingida, de esas que ella sabía sacarle.

—Uy, Matías quería ir a Alemania en Navidad —bromeó Coral, arrancando una risa breve, pero sincera.

Por un momento, Liria sintió algo parecido al consuelo. Se alegró de haber salido de casa, de comer con sus amigas, de sentir el aire libre y la brisa del mar.

—Mañana volveré al trabajo —dijo con decisión.

Coral sonrió y celebró la noticia proponiendo un brindis. Entre risas y el inevitable sabor de la añoranza, soltó sin pensarlo:

—¿Cómo está ella?

La había echado de su vida aquella noche. Y ahora que el vacío por su madre se asentaba en su corazón, el de Aline lo sentía en la piel. Coral tragó saliva antes de responder.

—Cada mañana, de forma discreta, mira si has llegado. Luego agacha la cabeza y dibuja en silencio.

Liria se quedó callada. Por mucho que ese peso tirara de ella y quisiera que la vida las hubiera colocado en otro momento, sabía que en ese mundo Aline estaba con Rodrigo, y ella..., ni siquiera estaba con ella misma. No sentía que pudiera darle amor a nadie. Su amor más grande quedaría como un recuerdo: los dedos enredados en su pelo, su cabeza descansando en su regazo.

***

Liria llegó a la oficina temprano, más de lo habitual, como si así pudiera evitar encontrarse con nadie en el pasillo.

La moto se quedó aparcada en el mismo lugar de siempre, y el casco negro brillante, ya con algunos arañazos, volvió a colocarse en recepción con ese gesto casi ritual que la caracterizaba. Coral la observó y le dedicó una sonrisa que no necesitaba palabras.

El eco de sus pasos sobre el suelo pulido le recordó cuánto tiempo había pasado lejos de allí.

Desde la sala principal podía ver a Aline inclinada sobre la mesa con un lápiz en la mano y un cuaderno abierto. Parecía concentrada, pero en cuanto escuchó el sonido inconfundible de ella, levantó la vista y buscó la puerta.

La encontró.

No hubo saludo.

Solo unos segundos suspendidos en el aire, en los que Aline sostuvo la respiración y Liria fingió no haber visto nada.

Siguió caminando hasta su despacho, cerrando la puerta sin un golpe, pero con la firmeza suficiente para marcar distancia.

Encendió el ordenador y sintió, de alguna manera, un reinicio mental. Abrió correos, aceptó encargos, ordenó proyectos y preparó un *dossier* para la reunión de equipo. Descolgó el teléfono y marcó la extensión de Coral para convocar a todo el equipo en la sala de juntas.

Uno a uno, fueron entrando. Ella hablaba de plazos, entregas y tareas, asignando responsabilidades por departamentos. Algunos salían cuando ya tenían claro lo que debían hacer.

Pero Aline no solo la escuchaba.

No solo la miraba organizar.

La observaba con esa atención que no buscaba entender las palabras, sino descifrar a la persona que las pronunciaba.

Liria vestía un pantalón negro que le daba ese aire clásico y contenido que, aunque no lo reconociera, Aline respetaba; lo combinaba con una blusa blanca suelta y unas zapatillas deportivas.

Por su parte, Liria, aunque se obligaba a disimular, no pudo evitar reparar en ella: el cambio físico era evidente, su embarazo ya asomaba.

Y, aun así, estaba preciosa.

El pelo, más rizado que nunca.

Los ojos, más miel que nunca.

Los labios, más apetecibles que nunca.

Un hormigueo le recorrió el cuerpo.

Se sorprendió a sí misma apoyándose sutilmente en la mesa, como para contenerse, mientras hablaba de proyectos. Porque, en realidad, lo que más deseaba en ese instante no tenía nada que ver con cifras ni con plazos: quería cruzar los metros que las separaban y hundir sus labios en los de Aline, alimentarse de su olor y ese sabor que tanto había echado de menos.

Inma y María recogieron sus papeles y salieron. Por supuesto, aunque Liria no lo hubiera planeado de forma consciente, había dejado a Aline para el final.

Y ahora estaban solas.

El ambiente se volvió espeso, como si el silencio no supiera a qué lado inclinarse. No sabían bien quiénes eran la una para la otra después de tantos meses.

Liria tomó un papel de la mesa y se lo ofreció en silencio.

Aline lo sujetó... también en silencio.

Pero ninguna apartó la mirada.

Ahí estaba.

Ese fuego.

Ambas respiraron, como si en ese instante el aire fuera un alivio, aunque ninguna lo dijera en voz alta.

—Este proyecto te va a gustar —dijo Liria al fin.

—¿Sí?

—Sí. Es para una sala de tatuajes que abrirá pronto, no muy lejos de aquí.

Aline sonrió.

Liria guardó ese gesto en su memoria como un pequeño tesoro.

Se miraron con complicidad; era evidente que algo había cambiado entre ellas. No solo por el embarazo ni por la pérdida. Era como si ese frasco de sentimientos se hubiera roto en el suelo mucho antes y solo ahora alguien hubiera escuchado el crujido de los cristales.

Sus miradas pedían contacto físico.

—¿Puedo...? —Aline dudó; Liria aguardó—.

¿Darte un abrazo?

Dio un paso hacia ella y la atrajo con cuidado, como temiendo hacerle daño.

Aline sonrió al notar esa delicadeza y la rodeó con dulzura.

Sus cuerpos quedaron anclados, respirando despacio, conteniendo el impulso de dejarse llevar. Se miraron a los ojos, deseosas, y sin querer buscaban con la mirada los labios de la otra...

Pero Liria dio un paso atrás.

Ahora, más que nunca, debía dejar que Aline fuera madre junto a Rodrigo. Él era quien cuidaría de ella, quien la abrazaría. Liria jamás tuvo esa posibilidad. A él lo había elegido desde el principio, y no quería confundir nada, aunque verse tan distintas después de unos pocos meses le pareciera una eternidad.

Dio otro paso más, como si no hubiera sido suficiente, como si el abrazo hubiera sido un límite que no podía permitirse cruzar.

Aline bajó los brazos despacio, sin apartar la vista de ella. En ese silencio quedó flotando algo que ninguna se atrevía a tocar.

—Este proyecto... —Liria carraspeó, buscando neutralidad en su voz— quiero que lo lleves conmigo.

—¿Contigo? —Aline arqueó las cejas, sin disimular su sorpresa.

—Sí. Requiere detalles..., y sé que tú los tienes.

No se dijeron nada más, pero en ese instante ambas supieron que iban a compartir más horas de las que quizá era prudente.

Cada una volvió a su lugar, Aline saboreando esa cercanía que había echado tanto de menos, quedándose con la certeza de que en los ojos verdes de Liria aún había algo que le pertenecía. Eso la hizo estremecerse, llevándose las manos a los labios, como simulando el roce de los suyos... La extrañaba tanto.

***

Coral entró a su despacho.

Vio un brillo distinto en su amiga; algo estaba a flor de piel, y no tenía que preguntar quién era el motivo, porque no era un «qué», sino un «quién» el que le daba luz a su mirada.

Aun así, sonrió para ella.

—¿Qué te pasa, amiga? —Coral dejó un café sobre su mesa y dio un trago al suyo.

Sabía que las cosas se estaban poniendo en su lugar poco a poco.

Y, al igual que en su día no le dijo lo del embarazo, ahora tampoco le dijo que Aline llevaba sola desde aquel fatídico día. No le correspondía a ella. Además, tenía claro que a su amiga le vendría bien un azote de realidad: no todo el mundo se conforma, y, a veces, la gente salta... aunque no al mismo ritmo que los demás.

Aline era una mujer valiente. En esos meses de ausencia, Coral había intimado más con ella. Hablaban de ese bebé, «esa niña» como Aline estaba convencida de que sería; de los nervios; del vértigo que le provocaba; y también de que, cuando vio a Liria saliendo disparada aquel día, sintió que el suelo se abría bajo sus pies. En ese instante supo que la vida con Rodrigo no podía ser, porque ella le ardía demasiado fuerte. «La quería», le confesó una mañana de desesperación ante su ausencia.

—¿Vais a trabajar juntas en el diseño de la sala de tatuajes? —preguntó Coral.

—No te montes películas. Ya sabes que los proyectos importantes y llenos de detalles me gustan más que nada.

—Estoy convencida de eso... —la miró con picardía—. Está muy guapa, ¿verdad?

Liria quiso hacer como que no escuchaba, pero con la taza de café posada en los labios y la mirada fija en su amiga, soltó un suspiro.

—Arrebatadoramente —reconoció al fin—. Le queda bien el embarazo.

—Le quedan bien muchas cosas últimamente. Deberías indagar un poco.

Liria la miró con cierto fastidio. Ese aire de misterio que a veces tenía Coral podía ser irritante. Cuando la emoción la poseía, era fácil leerla entre palabras que se le escapaban solas de la boca, pero otras veces... la mataría por querer ser tan ambigua.

—¿Indagar en qué?

—Llevas tú las tazas a la cocina. —Dejó la suya sobre la mesa y se marchó diciendo que Matías la esperaba para ver al niño en un campeonato de baloncesto.

El resto del día avanzó con la rutina, pero cada vez que Liria miraba las ideas para el estudio de tatuajes, no podía evitar imaginar a Aline recorriendo ese espacio con ella, hablando de colores, de texturas, de cada detalle... y sintiendo que, más allá del trabajo, lo que de verdad estaba construyendo era un puente que había jurado no volver a cruzar.

26

Los chicos del estudio de tatuajes les enseñaron la sala.

Habían enviado por correo una serie de referencias de tatuajes que querían en las paredes, pero insistieron en que buscaban algo especial, algo que no perteneciera a ninguno de ellos.

Querían que alguien, desde fuera, interpretara su esencia a partir de todos esos diseños y colores que habían acompañado su piel, una y otra vez.

Mientras revisaban el material, algunos se fijaron en los brazos y el cuello de Aline.

Comentaron, entre risas y admiración, que su piel estaba tan tatuada como la de ellos.

Ella les explicó que eran diseños propios, y eso hizo que la idea de que fueran ellas quienes se encargaran del proyecto les gustara aún más.

No solo por la técnica, sino porque sentían que la conexión creativa era auténtica.

Al salir, Liria subió a su moto y, antes de ponerse el casco, vio a Aline en la parada de taxis.

—¿Y tu coche? —preguntó.

—Hoy he venido en taxi. Esta pequeña granuja no me deja dormir —dijo, acariciándose el vientre.

—Sube.

Aline dudó. Sabía lo mucho que a Liria le gustaba correr y, con su embarazo, no estaba segura.

Pero Liria la leyó al instante.

—Tendré cuidado...

Aline aceptó y subió con cautela.

Se aferró a un lado, evitando presionar su barriga, pero aun así el calor que emanaba de Liria se colaba directo en su piel, como una descarga que la mantenía alerta y, al mismo tiempo, extrañamente protegida.

La moto se detuvo frente a su portal. Liria se quitó el casco y la ayudó a bajar con movimientos lentos y atentos.

—Gracias...

—Aline...

Sus miradas se encontraron unos segundos.

La puerta del edificio se abrió y un vecino salió, obligándolas a apartarse un poco.

—¿Sí? —preguntó Aline, con un hilo de voz.

Sus miradas ardían; los susurros parecían contener todo lo que no habían dicho.

—Te he echado de menos.

—Lo sé.

—Pero tu vida está con él ahora.

Aline sonrió.

Por extraño que sonara, no se había dado cuenta de que ya no debía nada, de que era una mujer libre... aunque, al tocar su barriga, comprendiera que no en todos los sentidos.

—No hay ningún «él» —dijo firme—. Hay un padre, pero no un «él».

Liria la miró sin saber qué decir o qué excusa inventar para seguir lejos de ella, cuando lo único que quería era soltar todo lo que sentía saltando a su boca.

El aire pesaba más, sus manos se llamaban, sus ojos se devoraban. Liria robó un poco de distancia. Notó cómo el cuerpo de la chica de ojos miel se tensaba.

Aline notaba el fuego en su mirada, y ese pequeño paso atrás le pareció lo más atrevido que habían hecho en meses.

No quiso dejarla pensar más: cruzó el espacio restante y posó sus labios en los de ella.

Sus cuerpos se estremecieron, rompiendo cada pliegue de dolor que hubieran puesto entre ellas.

Las noches de ausencias se derrumbaron como ropa cayendo al suelo con desesperación.

Los besos eran ansiosos, hambrientos, como sus manos al desvestirse.

Aline atrapó la mano de Liria y la guio hasta la cama. Jadeante, la lanzó boca arriba y se subió sobre ella.

—Enséñame a sentirte —le imploró, consciente de que su experiencia con una mujer seguía siendo apenas la de aquellas dos noches mágicas que la habían cambiado para siempre.

Liria la sujetó con desesperación por las caderas, acomodándola con firmeza. El gemido eterno que compartieron al sentir la humedad entre sus piernas las dejó sin aliento por un instante.

Aline osciló hambrienta, con prisa, con rabia, una mano apoyada en la cama para sostenerse y la otra en el vientre de Liria, que la sujetaba mientras se movían juntas.

Los gemidos se hicieron incontenibles, el ruido de sus cuerpos chocando era un estruendo.

Aline buscó su boca con desesperación, entrecortando la respiración entre embestida y embestida. Pasó su lengua por sus labios y luego dibujó un camino húmedo hasta su oreja, que devoró entre jadeos.

Aline le sujetó la barbilla, obligándola a mirarla.

Era fuego. Se estaban derritiendo.

El choque de sus pechos las excitaba más aún.

Liria atrapó uno en su boca, jugando con su lengua sobre el pezón duro y delicioso que tanto le gustaba, distinto ahora, pero igual de sabroso.

—Te quiero... —rugió Aline, mirándola a los ojos.

Un beso arrebatado le arrancó la respuesta.

—Te quiero... —repitió Liria, justo cuando las últimas sacudidas de aquel baile las atravesaron con un gemido ensordecedor.

Quedaron exhaustas, una sobre la otra, bañadas en sudor y con ese sabor a amor que ya no podía negarse.

—No voy a ser tu juguetito experimental.

—Lo sé... —susurró Aline, deslizando la mano entre sus piernas.

—No quiero ser tu juguete sexual...

Su respiración entrecortada se transformó en un mordisco en la clavícula, justo cuando los dedos de Aline entraron en ella.

—Mientes...

Liria echó la cabeza hacia atrás, dejándose llevar por esos gestos delicados que a la vez despertaban su ansia.

Buscó el sexo de Aline. Ardía. La besaba por toda la piel, lenta, casi con agonía, en un baile más pausado, más delicado, pero con una explosión sensorial imposible de sostener sin perder la cabeza.

Aline se mordía el labio con los ojos cerrados, bajo la mirada fija de Liria, que la devoraba.

La tumbó de lado y se colocó detrás, con cuidado de no dañarla, penetrándola con suavidad.

Aline buscaba su boca, girando la cabeza hacia ella. A veces la dejaba llegar, otra hundía sus labios en la almohada para ahogar los jadeos.

Liria apartó su pelo sudoroso y besó su cuello, subiendo hasta su oreja.

—Córrete para mí, mi amor...

La frase, salida de esa mujer de trajes serios y sonrisas contenidas, la atravesó como un rayo.

Aline tembló, su cuerpo atrapó los dedos de Liria en su interior. Se estremeció al verla perder el aire.

La giró para tenerla de frente y, aún excitada, saboreó sus dedos, orgullosa del estruendo que había provocado.

Liria abrió los ojos. No eran sus paredes vacías; aquí había cuadros, estanterías llenas de vida.

Miró a su lado y no la vio. El corazón le dio un vuelco... hasta encontrarla desnuda, a unos metros, cubierta solo por un lienzo que sostenía mientras dibujaba.

Estaba increíble: el pelo recogido en un moño, la mirada fija en cada trazo.

Liria quiso levantarse y besarla, pero Aline levantó el lápiz sin mirarla y la detuvo.

—No te muevas...

Liria sonrió al darse cuenta de que el dibujo era ella.

—¿Qué haces?

—Terminar algo que solo era un boceto en mi cabeza. Pero teniendo a la modelo en mi cama…, y desnuda —un gemido suave se le escapó—. Te cuesta mucho ser obediente, ¿verdad, jefa?

Su voz era puro deseo.

—Eres tan hermosa, Liria… tan hecha para mis besos.

La piel de Liria se erizó.

—¿Me deseas ahora? —susurró.

—Siempre… ¿Sabes cuántas veces me he tocado en esa cama pensando que eras tú?

El calor subió a sus mejillas. Un gemido escapó de su garganta. Sus dedos buscaron esa humedad que crecía con cada palabra. Aline lo sabía. La escuchaba respirar, la imaginaba perder el control.

—No vayas a terminar sin mí —ordenó.

Dejó el lápiz, cruzó la habitación y se subió a la cama. Abrió sus muslos con suavidad y hundió el rostro en ella.

Liria se aferró a su pelo rizado, guiándola. Aline aceleró su lengua, mientras con una mano se tocaba pensando en ella y con la otra la sujetaba firme.

—Hazlo en mi boca… me encanta tu sabor.

Esa frase fue el detonante. El clímax las atravesó a ambas, dejándolas temblorosas, saciadas…, pero con un hambre que nunca se iba del todo.

Aline se recostó sobre su vientre, y entonces sintió un movimiento bajo la piel.

—¡Ay! —exclamó.

—¿Qué pasa? —preguntó Liria, alarmada.

—La hemos despertado… Creo que no le ha hecho mucha gracia.

Liria no pudo evitar sonreír. No era una mala vida, pensó. Ella... y una niña llenando las paredes de una casa de alegría. Pero no dijo nada.

Aline tomó su mano.

—Mira...

Liria sintió la pequeña patada contra su palma. Fue hermoso, algo que no esperaba vivir.

Un instinto de protección la atravesó. Había un padre, sí. Pero ella quería ser parte de ese mundo, de la forma que Aline quisiera, solo por estar a su lado.

La amaba.

Y entendía que, pese a todo, Aline hubiera decidido seguir adelante con ese bebé, incluso sola.

Porque, desde el instante en que lo sintió moverse, Liria deseó tenerlo en brazos y verle la cara.

27

Liria se levantó de la cama.

Aline dormía en posición fetal, como protegiendo su vientre. Estaba preciosa. No pudo evitar que la ilusión le recorriera la piel.

Al pasar, se detuvo frente al cuadro. Era... increíble. Reconocía ese dibujo. Lo había visto en aquella carpeta, pero ahora estaba vivo. Los labios de la chica besaban el tatuaje y de él parecía escapar algo, como si representara la tristeza, los miedos, la angustia... un beso sanador. El rostro era hermoso y, para su sorpresa, se dio cuenta de que era el suyo, aunque más artístico y adaptado al estilo del salón.

El tatuaje del brazo que besaba también le resultaba familiar. Era una chica de espaldas, sobre una moto, con una chaqueta motera y, en ella, una inscripción: «La tinta de tus besos».

Estaba vivo, quizá porque la historia que allí se contaba también lo estaba.

Sintió los brazos de Aline rodearla por la espalda y un suave beso en la mejilla. Liria la observó unos segundos y sonrió al verla con aquella camisa azul abierta, usada casi como un adorno sobre su cuerpo, combinada con una braguita del mismo tono.

—¿Te gusta?

—Joder, sí. Es una pasada que hayas convertido el dibujo de esa carpeta en esto...

—¿El dibujo de mi carpeta?

Aline sabía perfectamente que nunca le había hablado de él.

—Yo... no pude evitar verlo el día que te la dejaste en la oficina.

—Ah, el maravilloso día de mis abrazos con el váter —bromeó Aline.

Le cogió la mano y la guio por su pequeña casa, tan distinta a la de Liria. Tenía un salón reducido donde los dibujos, los libros y un cierto desorden hablaban de vida.

—No soy muy ordenada, siento decepcionarte —sonrió, tirando suavemente de ella—. Ven...

Abrió la puerta de una habitación llena de tinta, lienzos y un olor a vida, a momentos tensos, a rabia, a alegría.

—¿Quieres que vea tu mundo?

—No. Quiero que formes parte de él.

Liria la miró, enamorada, con los ojos tan brillantes que parecían iluminar los tonos en blanco y negro de algunos lienzos.

—Soy una mujer, ¿lo recuerdas?

—Y muy hermosa —susurró Aline, besando su comisura—. No voy a pedirte que asumas papeles que no quieras, ni que aceptes ciertas cosas si no puedes o no te apetece.

—Estoy completamente loca por ti —la interrumpió Liria de golpe.

Aline se llenó de lágrimas, sensible y vulnerable.

Liria puso sus manos junto a las suyas, sobre su vientre.

—Seré lo que tú quieras que sea para esta niña. Lo que quieras... Estoy lista para tener una vida contigo.

—No me digas algo que no sientes, o me romperás el corazón.

Aline la abrazó por el cuello, enredando sus dedos en su pelo, masajeando su cuero cabelludo con amor. Liria cerró los ojos. Sintió una paz que creía que jamás volvería a encontrar.

—Te quiero —soltó, con ese sabor a amor que le latía en la lengua con calma.

—Y yo a ti. Pero necesito que tengas claro lo que significa un bebé. No quiero que algún día tengas nada que reprocharme... ni de lo que arrepentirte.

—Un bebé necesita luz, espacio para aprender a moverse, orden —dijo Liria, acariciando sus caderas con ternura.

—Lo sé. Estoy buscando otro sitio para las dos.

—Vivid conmigo —soltó Liria, sin pensarlo.

Ese plural se clavó en el corazón de Aline, que emitió un extraño sollozo-risa lleno de felicidad. La besó con fuerza y sin dejar de sonreír.

—¿Sabes que es la locura más hermosa que nadie me ha propuesto?

—Lo sé...

—No quiero aceptar esa oferta tan tentadora.

—Mientes...

Se sumergieron en besos y caricias.

—Liria... Yo creí que te había perdido para siempre. Aún estoy recogiendo trozos de mi corazón que cayeron al suelo. Si quieres dar ese paso, debes ser muy consciente de que Rodrigo forma parte de todo. Y él tendrá que saber que tú eres mi todo.

Liria no respondió con palabras. Ese «eres mi todo» la encogió de amor y, al mismo tiempo, la excitó al sentir lo verdaderamente suya que se sabía. La guio hasta la cama y la sentó en el borde. Ella misma se arrodilló frente a Aline.

—¿Qué haces? —susurró, nerviosa, al sentir cómo empezaba a abrirle las piernas y a besar lentamente sus muslos.

—Disfruta del sexo oral que tantas veces dijiste que venía a darte por las noches, pequeña... Porque, a partir de ahora, vamos a follar en un colchón al que le hicimos un anuncio cojonudo.

Aline se estremeció. Por la lengua de Liria. Por sus manos subiendo a su pecho. Por sus palabras en el corazón. Y por esa nueva vida que ya empezaba a imaginar mientras hundía los dedos desesperados en el pelo de la mujer que más amaba en el mundo.

28

El ambiente en la oficina era tranquilo, casi rutinario. Aline repasaba unos bocetos sobre la mesa de la sala de reuniones cuando escuchó un taconeo firme resonando en el pasillo. No era un paso cualquiera: tenía esa cadencia segura, desafiante, de alguien que entra sabiendo que todos se girarán a mirarla.

La puerta se abrió sin previo aviso.

—Liria... —la voz fue casi un suspiro cargado de intención.

Aline alzó la mirada y la reconoció al instante: era Marta. Impecable, como siempre, con una chaqueta de cuero ajustada y el mismo perfume dulce que parecía quedarse flotando en el aire incluso después de que ella se marchara.

Liria, que estaba frente a la pizarra revisando planos, se tensó de inmediato. No la esperaba allí, y mucho menos en medio del trabajo. María e Inma se quedaron embobadas mirándola, pero Aline sintió que se desintegraba.

—Marta, este no es el momento. —La voz de Liria fue seca, aunque no lo suficiente como para ocultar el temblor en sus ojos.

Marta sonrió, como si tuviera todo bajo control.

—Siempre es el momento si se trata de ti. Solo necesitaba verte. —Avanzó un par de pasos, ignorando por completo la presencia de Aline, que permanecía rígida en su silla, observando la escena como quien ve descarrilar un tren.

El corazón de Aline latía demasiado rápido. No era la primera vez que la veía, pero nunca tan de cerca, nunca invadiendo un espacio que sentía también suyo. Había algo en esa mujer que le producía desconfianza, como si llevara escrito en la piel que venía a reclamar un lugar que ya no le pertenecía.

Liria se adelantó, cortándole el paso.

—Te lo repito, aquí no.

Marta ladeó la cabeza con esa media sonrisa que parecía un arma.

—¿Y por qué no? ¿Tienes miedo de que alguien descubra lo que somos?

Ese plural cayó como un golpe seco en el aire. Aline tragó saliva, apretando los dedos contra la mesa para no reaccionar.

—Marta, luego hablamos —replicó Liria, con un filo de rabia en la voz.

Pero Marta ya había conseguido lo que quería. No hacía falta decir más: la duda se había plantado como una semilla venenosa en la mente de Aline.

Liria intentó continuar la reunión como si nada hubiera pasado, aunque la incomodidad era evidente. Minutos antes, Aline le dedicaba sonrisas cómplices e incluso algún roce. Ahora, esos ojos miel le parecían muros fríos. No sabía si disculparse o si justificar lo injustificable. Mientras buscaba el calor de esa mirada, lo único que recibió fue una frase que le dejó un vacío en el pecho.

—Disculpadme... creo que no me encuentro bien. —Aline se levantó, posando las manos en la mesa como excusa, y salió con pasos apresurados.

Liria no pudo detenerla. Había mandado a las chicas a desayunar para poder estar a solas con ella, pero ya era tarde. Coral, a un metro de la puerta, fue la que le susurró el secreto.

172

—Ha salido disparada en su Seat como si fuera de la Fórmula 1.

—Ni siquiera me ha dejado...

—Liria, Marta sigue en la puerta. Soluciona tu vida.

—Yo... le he pedido a Aline que venga a casa conmigo.

Coral la miró, orgullosa y sorprendida a la vez. Esa mujer que estaba frente a ella era distinta a la de siempre.

—Ya..., pero no se pueden dar pasos si solo hay muros.

Liria la abrazó con fuerza.

—Eres una amiga cojonuda.

Con el corazón encogido, caminó hasta la puerta con la vista fija en Marta.

—Demos un paseo —le ofreció su brazo, cortés y elegante.

Marta declinó con un gesto seco.

—Lo entiendo.

El camino se llenó de silencios incómodos. Decir adiós a algo que «no era» resultaba más complicado de lo que parecía. Llevaban años jugando a ese espejismo, a esa nada disfrazada de noches intensas. Pero ahora que todo estaba claro, Liria supo que nunca había tenido nada más nítido que su amor por Aline.

—Marta... —empezó.

—Lo supe cuando os vi en aquel baile enfermizo, lleno de sentimientos punzantes —la cortó ella.

—Lo siento...

—¿Recuerdas qué hiciste aquel día, cuando me sacaste de allí?

—No —confesó avergonzada, sabiendo que Aline estaba en su cabeza incluso entonces.

—Me subiste a tu moto, me dejaste en mi casa y me diste un beso en la frente. Casi tan frío como lo que yo sentí al darme cuenta de que ya no estabas. Lo supe. Que, a diferencia de otras veces, no volverías a por mí nunca más.

—Lo siento. Estoy enamorada.

—¿Y ella? —preguntó Marta, con un brillo de rabia y vulnerabilidad en los ojos.

—No estoy segura...

—¡Claro que sí, imbécil! —escupió con una risa amarga—. Me ha atravesado con la mirada como si quisiera arrancarme la vida.

Caminaron un rato más, cargando con el peso de una despedida silenciosa.

—Hemos disfrutado las noches como dos roqueras... —dijo Marta al fin, metiendo las manos en los bolsillos y bajando la mirada.

Liria no supo qué responder. Sabía que esa era la última vez. Y Marta también.

29

Aline cerró la puerta de casa con la espalda y dejó que su bolso resbalara hasta el suelo. No encendió la luz. El silencio la recibió con esa forma cruel de amplificar cualquier pensamiento. El perfume dulce de Marta seguía flotando en su memoria como una burla.

Se miró en el espejo del pasillo; tenía las ojeras suaves, la curva del vientre más nítida que la semana anterior, la piel sensible.

Se dejó caer en el suelo, con la espalda contra la pared fría, y respiró hondo para no llorar..., pero la duda se había quedado colgando en el aire, punzante, como si todo lo que había construido con Liria pudiera reducirse a un «mientras tanto».

El móvil vibró.

Coral: *No todo es lo que parece. Si necesitas, subo.*
Aline: *No hace falta. Estoy bien.*
Coral: *Mientes fatal.*
Aline: *Ven.*

Cinco minutos después, Coral entraba con un táper que olía a comida recién hecha y pan del día. No dijo: «Te lo dije». Solo la abrazó. Aline apoyó la frente en su hombro y dejó que el olor a calle y a pan recién hecho la calmara un poco.

—Me sentí... invisible —murmuró Aline.

—Te cruzaste con un eco del pasado, no con el presente —contestó Coral, sin dramatismos—. Yo la vi antes de que Marta apareciera. Te miraba como si todo lo demás no existiera.

Aline quiso creerlo, aunque el orgullo aún raspaba por dentro.

—No voy a perseguir a nadie... quiero que nos den nuestro lugar, a las dos —susurró, apoyando las manos en su vientre.

—No persigas, pero tampoco huyas cada vez que algo no suene como esperas. Es distinto —Coral dejó las cosas en la encimera—. Y no te castigues. Esa niña necesita a su madre despejada.

Como si la hubiera invocado, una patada firme golpeó desde dentro. Aline se llevó la mano al vientre con un sobresalto que se convirtió en risa.

—¡Ay! —exclamó, mitad susto, mitad felicidad—. ¿La has visto?

—La he visto desde antes de que tú supieras que estaba —bromeó Coral, posando la mano con cuidado—. Te está recordando que ella no es el problema.

Cenaron en un silencio cómodo. Se habían hecho buenas amigas: Coral no juzgaba, pero en su fuero interno no podía evitar pensar que, si ellas dos no lograban encontrarse, les esperaban meses de echarse de menos. Así que, fiel a su política de no forzar nada, dejó que el tiempo y los sentimientos que flotaban entre ellas encontraran su propio cauce.

Más tarde, Aline se asomó a la ventana; la ciudad tenía ese brillo cansado de los martes. Sobre la mesa, abrió un cuaderno y, sin pensarlo demasiado, escribió una carta para sí misma, que no pensaba mostrar a nadie jamás.

Liria:

Hoy dolió. Y no por ella, sino por lo que no pudimos decir. Yo estoy aquí. Tengo miedo, sí, pero también ganas de construir algo que no sea de aire. Si quieres, ven. Si no, no vengas a medias.

Te quiero.

A.

La cerró sin firmar con nombres completos, como si eso la protegiera de algo. La dejó en la repisa. No la enviaría esa noche.

Antes de dormir, en la quietud de su habitación, la niña volvió a moverse, ahora con insistencia. Aline acarició la piel tensa del vientre y habló bajito:

—Tranquila, pequeña. Mami está... aprendiendo.

Se acostó de lado, abrazando la almohada. Entre las sombras, la idea dejó de doler y empezó a tomar forma: no iba a huir ni a rogar. Pondría su verdad en el centro y esperaría a quien fuera capaz de sostenerla con ella.

Liria caminó sin rumbo un buen rato antes de volver a casa. El adiós con Marta había sido sobrio, casi cortés. No dolió. Lo que dolía era otra cosa: la imagen de Aline saliendo de la sala con el corazón en los ojos y los labios apretados.

Paró la moto frente al portal de Aline. Subir, tocar el timbre, decirle «no somos nada» mirándola de cerca... Las manos le temblaron en los puños. La luz del quinto piso se apagó de golpe. No subió. Arrancó.

En su salón, el eco de la casa vacía la devolvió al invierno más frío: el día en que su madre dejó de respirar. Cogió el *foulard*, que aún guardaba su olor, y lo apretó contra su cara mientras miraba la urna que aún descansaba sobre la mesa de cristal. Se sentó recordando esa última palabra que le dedicó.

—Vive —recordó su voz, limpia, como aquellas veces que la peinaba en silencio en el patio.

Liria se dejó caer en el sofá y permitió que el llanto saliera sin guerra. Lloró no solo la ausencia, sino el miedo a fallar. Miedo a esa niña que no era suya y que, sin embargo, sentía ya como una posibilidad de amor que la desbordaba. Miedo a no saber estar. A no ser suficiente.

—Mamá, ¿y si soy tan torpe que no sé quererlas bien?

El timbre sonó. Era Coral.

—No sabía si venir —dijo, entrando con un «Hola» que en realidad significaba «Estoy aquí»—. Pero tras esa cena con Aline he decidido acercarme.

Se le encogió el estómago al escuchar su nombre. Coral lo notó

—La vas a perder si no haces algo concreto. Palabras, las justas. Está cansada de sombras. ¿Tú recuerdas que ella es una mujer embaraza que, además, ha dejado a su novio de toda una vida porque sin saber cómo, ha terminado enamorada de una mujer?

—Claro que sé que ella... se ha dejado ver mucho más de lo que estaba preparada, pero no quiero invadir su vida... —Liria dudó—. ¿Y si un día esa niña me ve como una intrusa? ¿Y si no puedo con las noches, con los miedos, con los «no llego»?

Coral la miró como solo miran los amigos que conocen hasta las grietas.

—Ya hiciste una guardia imposible: cuidaste a tu madre hasta el final, y no te faltó ternura. El amor no te asusta, Liria. Lo que te asusta es merecerlo. Y lo mereces. Además —sonrió—, tú no abandonas.

Liria respiró hondo, como si esas palabras supieran a oxígeno. Miró alrededor: el despacho con planos, el dormitorio con la cama grande, la habitación de invitados cerrada desde hacía meses.

—Algo se te ocurrirá—insistió Coral—. Eres capaz de dejarlo todo por amor, estoy segura de que también eres capaz de crearlo todo por él. Así que no le pidas que crea en promesas de aire.

Coral se fue con un beso en la frente y una frase al vuelo:

—Ten paciencia, pero no mucha. Esa bebé quiere estar con nosotros, de eso no tengo duda.

Liria se quedó sola con una decisión latiéndole en las manos. Abrió el armario alto del pasillo, sacó la caja de herramientas que le había regalado su abuelo y encendió la luz de la habitación vacía. Se apoyó en el quicio de la puerta y miró a esa habitación por primera vez con otros ojos. Cabía una cuna, una mecedora junto a la ventana, una repisa con cuentos, un móvil de nubes que girara lento.

Sonrió con cosquillas.

En la mesa del comedor desplegó papel Kraft y, con un lápiz blando, trazó un croquis. La pared en tono suave, un árbol en tinta que dejara reposar un petirrojo en las ramas, una alfombra mullida, cojines... En la esquina escribió sin pensar: La tinta de tus besos. Lo subrayó.

Abrió el móvil. Tecleó, borró, volvió a teclear:

¿Puedo enseñarte algo el viernes? Sin ruido.

No lo envió. Guardó el borrador. Antes, había algo que quería hacer sin testigos: merecerlo, como había dicho Coral.

Entró en la tienda *online* de un taller local y encargó un móvil de fieltro con nubes y un hilo de lluvia; en otra pestaña, una cuna sencilla, blanca; en otra, una mecedora. Miró la hora. Era casi medianoche.

Se permitió, por primera vez en meses, una imagen luminosa: Aline dormida en su hombro, la niña respirando profundo, la casa abierta al mar. Recordó el *foulard* de su madre y lo dobló con cuidado sobre la silla de la futura habitación.

—Voy a vivir —dijo en voz baja. Y esta vez la promesa no sonó a consigna…, sino a principio.

Al día siguiente, todo parecía pesar más. Liria sentía miedo. No estaba acostumbrada a dar explicaciones y, tras despedirse de Marta, no sabía cómo encontrar las palabras para hacerle llegar lo que de verdad le ardía en el pecho.

Aline escuchó el motor de la moto detenerse. No pudo evitar levantar la vista, dejando de prestar atención a lo que Coral le decía. Ella lo notó, sonrió en silencio. Quizá Aline solo quería verla aparecer con ese ritual suyo de dejar el casco. Quizá simplemente la quería como a nadie.

Coral pensó que, si realmente llegaban a encontrarse, podían tener un futuro como el suyo con Matías. Sabía que Liria acababa de despedir a un pilar insustituible y que, tal vez, por eso le costaba abrir espacio a uno nuevo: temía verlo caer. La veía frágil, aunque, al entrar, sacudiéndose el pelo y dejando el casco con esa sonrisa arrebatadora, pareciera un lince.

—Hola, chicas —dijo Liria. Ese plural dejaba claro que la veía, aunque no se atreviera a sostener su mirada.

Aline, sin saber por qué, retiró la mano de la barra donde estaba apoyada, empapada de sudor, y se marchó ante la atenta mirada de Liria, que se quedó confusa.

—Habla con ella —le susurró Coral.

—No sé cómo explicarle todo sin que suene terrible.

—Pues con la verdad.

—Claro, facilísimo... —bufó Liria, dándole un beso en la frente a su amiga antes de dirigirse a su despacho.

Tras muchas vueltas, decidió que no iba a esperarla. Le correspondía a ella dar el paso.

Aline se sobresaltó al ver los dos dedos de Liria apoyados sobre su dibujo para llamar su atención.

—¿Habéis desayunado? —preguntó Liria.

—Las chicas no están hoy, ¿no lo recuerdas?

—Me refiero a ti... y a la bebé.

Aline negó con la cabeza, y Liria le tendió la mano. Cuando se levantó, no retrocedió: se quedó a unos centímetros de ella, con esa eterna sonrisa. No le soltó la mano, y Aline se sonrojó al verse paseando por el pasillo, cogida de su mano, hasta salir del edificio.

—Liria...

—¿Qué?

—¿Qué haces? Todos van a hablar.

—¿Y te molesta?

Aline se quedó unos segundos en silencio, sin saber qué responder, pero clavó sus ojos en ella y entrelazó los dedos con firmeza.

Miró sus manos unidas. No había sexo ni pasión en ese gesto. Solo dos mujeres caminando juntas, como cualquiera por la misma calle de cada mañana hacia la misma cafetería de siempre. Y, sin embargo, el corazón le latía con más fuerza que nunca, y un calor distinto a todo lo vivido antes con Liria apareció, llevándola a la paz.

30

Aline miraba a Rodrigo a los ojos mientras caminaban por los pasillos del hospital. Todo parecía ir bien con el bebé. Si nada se adelantaba, la niña llegaría el veintitrés del mes siguiente. Sintió un nudo de pánico al pensar en lo cerca que estaba la fecha, pero, al mismo tiempo, la ilusión la atravesó con una fuerza incontrolable. Tenía ganas de tenerla entre sus brazos, de acunarla, de olerla.

—¿Cómo te va todo? —preguntó Rodrigo.

—Bueno... bien.

—¿Y tu enamorado?

—Rodri..., no hagas preguntas incómodas.

—Tenías razón. Ya no estábamos enamorados, pero siempre supimos hablarnos. ¿No? Al final, fuimos buenos amigos.

Aline dudó unos segundos. Quizá podía decírselo. Hablar con alguien sobre cómo se sentía después de lo ocurrido con Marta, de esa punzada que le había dejado flotando la duda.

—Complicado —admitió al fin.

Recordaba la mano de Liria aferrada a la suya, dándole su lugar..., pero no habían hablado de «ese eco del pasado».

—Vale, pues empiezo yo. He conocido a alguien. Ha sido como un vuelo sin paracaídas. Además, ¿sabes qué? No se me da nada mal cambiar pañales.

—¿Tiene un hijo?

—Una niña de un año —respondió con una sonrisa sincera—. Es una pasada. Huelen a vida, cariño.

Ninguno de los dos comentó ese «cariño», aunque quedó flotando en el aire como un eco extraño.

—Vas a ser un padrazo. —Aline respiró profundo, se detuvo, se secó las manos y, cogiéndolo del brazo, lo miró a los ojos—. Mi enamorada... es Liria.

Rodrigo bajó la mirada y asintió despacio.

—Ya lo sabía.

Ese «ya» la atravesó.

—¿Ya?

—Uno ata cabos, Aline. No soy tan tonto. Tenía que ser alguien del trabajo. Y luego recordé aquel día en el súper... vuestras miradas tensas, su cortesía desvanecida. Pensé que estaba triste porque justo después su madre murió, pero entendí que yo había arruinado, sin querer, algo que tú todavía no le habías contado. Su cara se borró en un segundo. Y tú, desde entonces, ya no volviste a ser la misma.

—Lo siento.

—Bueno, aquí estamos. ¿Y vosotras dos sois?

—No hay un «somos». Parecía que sí, pero... no sé. De pronto me agarra la mano en la calle, pero lleva dos días ausente.

—Vamos a tener un bebé.

—Y es mi prioridad.

—Claro. Ella lo sabe. Si te quiere, va con todo.

—Me dijo que me mudara a su casa.

Rodrigo apretó un poco los dientes. Ellos nunca habían vivido juntos; Aline siempre había querido mantener su independencia.

—¿Y?

—No quiero que me rompa el corazón. ¿Y si esa mujer irrumpe de nuevo en nuestras vidas?

Ese plural la quebraba un poco. Rodrigo la rodeó por los hombros.

—No sobrepienses tanto. Deja que te explique quién es esa mujer para ella. No creas que me cae bien —admitió con un amago de sonrisa amarga—, no puedo evitar sentir que me ha robado algo..., pero te quiero feliz.

Rodrigo habló de dar tiempo, de dejar que las cosas encontraran su lugar. Aline escuchó con calma. Él le habló de su nueva relación, de los nervios bonitos de un principio. Ella sonrió. Recordaba bien esa sensación; alguna vez también fue suya, cuando todavía eran ellos.

Pero pensar en Liria era distinto. No era ternura tranquila ni nostalgia amable. Era fuego. Era un licor dulce en los labios que no podía dejar de desear. Y, al mismo tiempo, temía que las palabras de Liria hubieran sido solo un arranque de emoción que acabara por destrozarle el corazón.

***

Liria, mientras tanto, pasó el resto del día con una certeza clavada: las palabras no bastaban. Si quería que Aline creyera de verdad que estaba dispuesta a compartir su vida con ella y con la niña, tenía que demostrarlo.

Ya había encargado todo lo necesario para esa habitación, que antes estaba vacía. De camino a casa, sin embargo, hizo una parada inesperada. Detuvo la moto frente a un estudio de tatuajes. Al entrar, la recibieron con alegría.

—Necesito que me hagáis este cuadro.

—«La tinta de tus besos» —leyó el hombre, alzando la vista hacia ella—. Me suena. Y la protagonista... parece que tiene vida propia, ¿eh?

Liria no respondió. Ese cuadro, el que Aline había terminado desnuda frente a ella, lleno de trazos de pasión, sexo y amor, le dejaba sin aliento. Era la prueba de que aquello no era un espejismo. Sintió que había llegado el momento de mostrarle su compromiso.

Al cerrar la puerta de casa —casi de un portazo, como si de repente tuviera prisa por todo lo que jamás supo que desearía tanto— respiró hondo, algo asustada, y miró la urna de su madre. Sonrió, como si le pidiera permiso. Cogió las llaves de la moto, pero frenó en seco al sujetar el casco. No podía llevar a Aline en moto. No esta vez. Por primera vez, con la esperanza de que fuera un nuevo ritual, tomó las llaves del coche y abrió la puerta con mucha más suavidad de como la había cerrado, esperando dar el paso de salida hacia el futuro.

***

Cuando todo estuvo listo, respiró hondo y esperó a Aline en la puerta de su casa. La vio llegar con paso lento. Rodrigo la había acompañado, pero se despidió con un gesto breve. El aire estaba cargado de dudas, pero también de algo más profundo.

—No sé hasta qué punto deberías ir en moto —dijo Aline.

—Cuando viniste conmigo no era tan peligroso.

Sabía que, si no la detenía ahí, ella se marcharía.

—Tienes razón. —Liria le sujetó la mano suave, pero ansiosa—. Siento lo del otro día.

—¿Que haya descubierto que tienes algo con otra persona? No es que me sorprenda.

Liria tragó saliva. No entró al juego.

—Marta ya no estará más. —No añadió nada más.

Abrió la puerta y la invitó a pasar.

—Por favor, Aline... quiero enseñarte algo.

—No, un «No estará más» no es suficiente para mí, Liria. No quiero que otra mujer irrumpa en lo que estamos construyendo, no quiero medias verdades. Voy a ser madre y si tú...

Se quedó en silencio.

—Ya no formará parte de mi vida porque estoy enamorada de ti. No hay nada ni nadie que pueda cambiar eso, salvo tú.

Lo dijo con una calma brutal, como si fuera lo más evidente del mundo. Y, sin embargo, a Aline se le erizó la piel. Un escalofrío recorrió su espalda. Liria lo notó, se aclaró la garganta y se aferró a su mano.

—Por favor, Aline... deja que te lo muestre. Luego decides.

Ella dudó, pero aceptó. La curiosidad venció al orgullo, y también la certeza de que sus sentimientos eran reales.

Liria la guio hasta la habitación cerrada. Le tapó los ojos y susurró en su oído:

—Abre, cariño...

Ese «cariño» sonó distinto. Aline se destapó los ojos y se encontró con el espacio transformado: el árbol, la cuna blanca, la alfombra de colores, el petirrojo descansando en su rama. El aire olía a nuevo, a futuro.

Se llevó una mano a la boca y otra al vientre, como si quisiera proteger a la niña del torrente de emoción.

—Liria... ¿has hecho esto tú?

—Para vosotras. —Su voz temblaba, pero sus ojos eran firmes—. No quiero que tengas dudas de que quiero una vida contigo... con las dos.

Aline no respondió con palabras. Rodeó su cuello, apoyó la frente en la suya y la besó, sellando una promesa sin necesidad de jurarla.

—Te amo —susurró al fin.

Liria cerró los ojos, como si ese amor pudiera sostenerla entera. Aline la atrajo más cerca y apoyó la mano en su pecho antes de bajarla con suavidad al vientre.

—Pequeña... —dijo, mirando hacia abajo—. Te esperamos. Pero no sé si podré compartir estas tetas contigo.

La risa nerviosa de Aline rompió la tensión. Se hundieron en un beso profundo. El futuro, por primera vez, no asustaba. Era cálido, estaba lleno de días por estrenar.

En esa habitación, entre paredes recién pintadas y promesas sin ruido, las dos comprendieron que el amor no se trataba de palabras en el aire, sino de construir cada día un lugar donde quedarse.

EPÍLOGO

La ceniza se escurría entre los dedos de Liria, cayendo suavemente llevada por el viento. No pudo evitar sentir que las fuerzas la abandonaban, pero Aline la abrazó con firmeza, reconfortándola con un suave beso que le segó parte de ese dolor al ver la urna quedarse vacía frente a la playa.

Liria sintió que una parte de ella se deshacía entre las olas. No dudó en mojar sus pies para buscar el contacto, quizá... ese último abrazo en su regazo, y, por extraño que pareciera, lo hizo.

Las tres regresaron a aquella casa que Liria había comprado para ellas, para que el mar formase parte de su vida. Habían decidido que querían un hogar cálido, pero «con desorden». Aline no pudo resistirse una tarde a entrar en una tienda de muebles restaurados. Al ver una pequeña mesa con unos detalles maravillosos, tomó del brazo a Liria y le susurró:

—Es perfecta para salir al patio por las noches.

—Es una buena segunda vida para esta mesita —comentó la chica rubia de la tienda, sonriendo al verlas tan unidas.

Miró la placa con su nombre; ponía Alicia. Le pareció bonito, incluso recordó que Rodrigo y ella lo habían barajado como opción para la niña, aunque al final decidieron llamarla Patricia, como la madre de él.

—Hace poco que tuvimos a la niña —dijo Liria.

Alicia se asomó con cuidado y le dedicó una sonrisa amable al bebé. Para Aline, cada vez que Liria usaba el plural era pura magia, y Rodrigo lo llevaba sorprendentemente bien. Aline, madura y serena, valoraba la idea de que la pequeña pudiera crecer junto a otro bebé al que, quizá, algún día llegara a llamar hermano, si las cosas seguían tan bien como pintaban.

—Felicidades. Yo me casé hace unos meses y decoré con algunos muebles de aquí... y alguno de la calle —confesó Alicia con complicidad, como si compartiera un secreto—. Los muebles resucitados tienen una nueva vida, un nuevo sentido. Por ejemplo, esa mesa ahora sostiene vuestras tardes.

El sol entraba por la ventana, movido por la suave brisa de la playa.

Aline se mecía en una butaca con la niña dormida sobre su pecho.

Liria apareció en la puerta sin hacer ruido, con el pelo aún húmedo y una taza de café en la mano. Se detuvo a mirarlas solo un instante, agradeciendo cada impulso que la había llevado hasta allí, guardando ese cuadro en sus retinas.

—Se ha dormido rápido —susurró, acercándose despacio.

Aline levantó la mirada y le regaló una sonrisa cansada, pero llena de amor.

—Le gusta sentirnos cerca. Creo que entiende que tú y yo somos una sola.

Liria dejó el café sobre la mesa y se arrodilló frente a ellas, casi en un gesto de reverencia. Acarició el pelo de Aline y luego rozó con la yema de los dedos la manita que se aferraba con fuerza a la mujer que más amaba.

—No hay nada más que necesite.

Aline la miró tan enamorada como se sabía mirada. La besó despacio, aún con la niña en brazos. Liria la sostuvo con ternura, ayudándola a llevar a la pequeña hasta la cuna. Entre miradas cómplices y la ilusión de ver que todo era perfecto en ese instante, ambas se abrazaron, contemplando a la bebé mientras dormía plácidamente.

En aquel momento, no existían dudas ni miedos ni fantasmas del pasado. Liria pensó en su madre, en lo feliz que estaría de verla vivir un sueño que jamás creyó posible. Ahora no podía imaginar otra vida que no fuera junto a ellas.

—Dormirá un ratito —susurró Aline, aferrándose a su cuello.

—Ah, ¿sí? —contestó Liria, ajustándola con suavidad a su cadera.

Le tomó la mano y la guio hasta la habitación donde tantas veces la había amado. Y la tinta de sus besos, como cada noche, seguía escribiendo una página más de su nueva historia.

Miró a Aline, desnuda, que descansaba a su lado; apartó un mechón de su precioso pelo rizado y posó los labios con suavidad en su mejilla antes de ir a ver a su pequeña en la cuna.

—Vive —susurró Liria para sí misma, repitiendo la última palabra de su madre.

La huella que deja decir adiós a una madre es indescriptible: como si, de pronto, una parte de ti quedara incompleta para siempre; como si, desde ese momento, tuvieras que volver a aprender a andar, a pensar, a soñar... Pero Liria estaba aprendiendo a ser vida para los demás mientras convivía con ese vacío, porque, al mirar el futuro que quería construir para su pequeña, no podía evitar sentir que, si alguien le había mostrado lo que significa el amor incondicional, había sido su madre.

—Lo estoy haciendo, mamá —musitó—. Gracias por seguir enseñándome en tu ausencia.

Queridos lectores:

Quiero dejaros esta letra de canción para que la cantéis a vuestra manera y la subáis a las redes sociales.

Por supuesto, etiquetadme: @anadmoras

Me muero por veros interpretarla con vuestra voz, con vuestro estilo, con vuestra emoción..., con la tinta de vuestros besos convertida en música.

LA TINTA DE TUS BESOS

Tu mirada me dibuja,
tu silencio sabe hablar,
cada línea en tu piel desnuda
es un mapa para amar.

La tinta de tus besos
me recorre entera,
me quema despacio,
me salva y me quiebra.
Si el destino nos hiere,
si el miedo nos pesa,
que arda en mi cuerpo
la tinta de tus besos.

No hay distancia que me aparte,
ni un pasado que nos borre,
porque el fuego en tu abrazo
me recuerda quién soy.

La tinta de tus besos
me recorre entera,
me quema despacio,
me salva y me quiebra.
Si el destino nos hiere,
si el miedo nos pesa,
que arda en mi cuerpo
la tinta de tus besos.

Y si mañana tiemblas,
yo seré tu piel,
un refugio abierto,
la fe que aún te queda.

La tinta de tus besos
me recorre entera,
me quema y me salva,
me rompe y me eleva.
Aunque el mundo nos niegue,
aunque duela el silencio,
que arda para siempre
la tinta de tus besos.